Littérature française
Le XXᵉ siècle

CAROLE NARTEAU :

Français 3ᵉ (livre du professeur et livre unique pour l'élève),
collectif, sous la direction de Françoise Colmez, coll. « Textes,
langages et littératures », Bordas, 2003.
Français 6ᵉ (livre du professeur et livre unique pour l'élève),
collectif, sous la direction de Françoise Colmez, coll. « Textes,
langages et littératures », Bordas, 2005.
Français 5ᵉ (livre du professeur et livre unique pour l'élève),
collectif, sous la direction de Françoise Colmez, coll. « Textes,
langages et littératures », Bordas, 2006.
Français 4ᵉ (livre du professeur et livre unique pour l'élève),
collectif, sous la direction de Françoise Colmez, coll. « Textes,
langages et littératures », Bordas, 2007.
Français 3ᵉ (livre du professeur et livre pour l'élève en 2 volumes),
collectif, sous la direction de Françoise Colmez, coll. « Textes,
langages et littératures », Bordas, 2008.

IRÈNE NOUAILHAC :

400 citations littéraires, de Rabelais à Proust, Éditions du
Chemin bleu, 2005.
Histoire de France en 500 dates, du Moyen Âge à nos jours,
Éditions du Chemin bleu, 2005.
Le Pluriel de bric-à-brac et autres difficultés de la langue française,
Points-Seuil, 2006.

CAROLE NARTEAU ET IRÈNE NOUAILHAC :

Mouvements littéraires français du Moyen Âge au XIXᵉ siècle, Librio,
2005.
*Littérature française : Moyen Âge, XVIᵉ siècle, XVIIᵉ siècle, XVIIIᵉ siècle,
XIXᵉ siècle, XXᵉ siècle*, Librio, 2009.

Carole Narteau
et Irène Nouailhac

Littérature française
Le XXᵉ siècle

Librio

Inédit

Cet ouvrage fait partie d'une série de six volumes sur la littérature française, du Moyen Âge au XXᵉ siècle.

Nous présentons les principales tendances littéraires et abordons chronologiquement les œuvres majeures qui s'y rattachent. Cette approche centrée sur les œuvres amène à mentionner certains auteurs à plusieurs reprises.

Lorsqu'un auteur est suivi d'un astérisque, c'est qu'il est évoqué dans une autre partie de l'ouvrage (se reporter à l'index). Lorsqu'il est suivi d'un double astérisque, c'est qu'il est développé dans un autre volume de la série.

Le Jardin du poète à Arles. Van Gogh, 1888, coll. part.

Sommaire

La Gare Saint-Lazare : les signaux. Claude Monet, 1877,
Niedersächsisches Landesmuseum, Hanovre.

Préface

Cet ouvrage permet de se repérer dans l'immense production du XXᵉ siècle. Car le monde des lettres a complètement changé avec l'organisation commerciale des maisons d'édition et l'apparition des prix littéraires. La démocratisation de l'enseignement ayant démultiplié le nombre d'auteurs et de lecteurs, les livres sont devenus un produit de consommation grand public et font l'objet d'une production de masse.

Au XXᵉ siècle, les positionnements collectifs sont rares : les auteurs obéissent à des stratégies individuelles d'obtention de prix, et les différents genres s'interpénètrent de plus en plus. Toutefois, de grandes tendances peuvent être dégagées : la psychanalyse a colonisé la littérature ; le roman est de plus en plus autobiographique ; l'absurde existentiel et l'engagement politique ont marqué le siècle ; le roman réaliste traditionnel, social ou historique, a conservé tout son prestige ; enfin la fiction « pure » se maintient par l'intermédiaire du fantastique, de l'ailleurs, de l'humour et de la littérature de genre, qui a accédé à la consécration.

Le XXᵉ siècle est celui du roman : « Roman psychologique, roman d'introspection, réaliste, naturaliste, de mœurs, à thèse, régionaliste, allégorique, fantastique, noir, romantique, populaire, feuilleton, humoristique, d'atmosphère, poétique, d'anticipation, maritime, d'aventures, policier, scientifique, ouf! et j'en oublie » (Robert Desnos). Les expérimentations se sont multipliées : tous les genres, toutes les formes ont été remis en question. Puis le roman, devenu « postmoderne », a abandonné les tentatives avant-gardistes et préféré renouveler les héritages.

La poésie, mal-aimée du siècle, reste cependant bien vivante et s'infiltre dans les autres formes littéraires. Après les deux révolutions poétiques du début du siècle – l'« esprit nouveau » avec Apollinaire, et le surréalisme avec Breton –, la poésie s'est constamment renouvelée, autour de revues dynamiques. Discrètement, car le genre ne se prête pas à la médiatisation, elle a innové avec des inventeurs comme Michaux, Ponge, Roubaud ou Du Bouchet. Aujourd'hui, également éloignée du lyrisme et de la disloca-

tion du langage, la poésie « postmoderne » cherche simplement à dire la
vie, l'être et son rapport au monde.

Le théâtre a lui aussi connu des
bouleversements majeurs. Spirituel au
début du siècle, il s'oriente vers des tendances humanistes et philosophiques
dans l'entre-deux-guerres. Engagé sous
l'Occupation, il propose ensuite une
remise en cause des formes ct du lan
gage : c'est le théâtre de l'absurde. Les
pièces contemporaines, extrêmement
variées, rencontrent un public de plus
en plus nombreux et laissent la part
belle aux metteurs en scène.

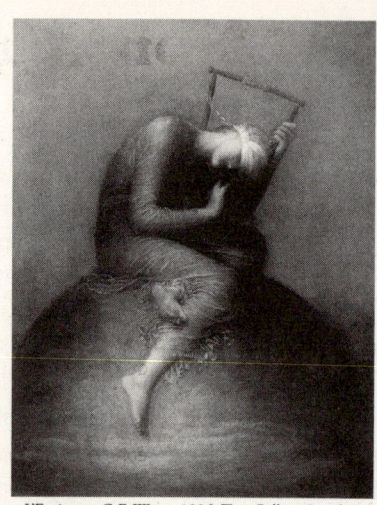

L'Espérance. G.F. Watts, 1886, Tate Gallery, Londres.

Notre classification n'a rien d'irréprochable puisqu'au XXᵉ siècle les
auteurs ne souhaitent guère être affiliés à des mouvements, et que ceux-ci
sont difficiles à dégager. De plus, au sein d'un même courant, de nombreux auteurs n'ont pu être développés faute de place, les « grands » ont dû
être résumés en quelques lignes, et nous manquons de recul pour appré-
cier les productions les plus récentes. Il a fallu faire des choix… mais c'est
précisément la concision qui fait l'intérêt de ce petit guide. Nous avons
privilégié la simplicité et la clarté, en proposant des résumés synthétiques
et en mettant en relief des citations typiques de chaque auteur. Nous espé-
rons que chacun trouvera du plaisir aux petits moments picorés dans cet
ouvrage, autant de mises en bouche pour éveiller les souvenirs et le désir
de lire…

Bonnes lectures !

C. NARTEAU et I. NOUAILHAC

Chronologie historique

La « Belle Époque », période d'enthousiasme face aux progrès techniques, s'achève dans le bain de sang de la Grande Guerre, qui décime une génération. Les survivants se lancent dans les « Années folles », mais la montée des fascismes en Europe fait réapparaître le spectre de la guerre. En 1945, l'Europe sort dévastée du conflit ; les États-Unis et l'URSS sont les deux nouvelles grandes puissances mondiales. La seconde moitié du XXᵉ siècle voit la période faste des « Trente Glorieuses », où la société de consommation accroît énormément le niveau de vie, ainsi que la décolonisation, la réforme de l'éducation, l'émancipation des femmes... mais aussi la crise, le chômage, l'exclusion. La nécessité de définir un nouvel ordre planétaire se dessine.

1898-1906	Affaire Dreyfus.
1905	Loi de séparation de l'Église et de l'État, obtenue par les radicaux.
1912-1920	Raymond Poincaré président.
1914	Assassinat de l'archiduc d'Autriche. Un mois plus tard, l'Autriche-Hongrie déclare la guerre à la Serbie. Le conflit se généralise en raison des alliances : Triple Entente (France, Russie et Angleterre) contre Triple Alliance (Autriche-Hongrie, Allemagne et Italie).
	Assassinat de Jaurès (31 juillet) ; début de la Première Guerre mondiale.
	Bataille de la Marne, qui stoppe la progression allemande.
	Entrée en guerre de l'Empire ottoman au côté de l'Allemagne.
1915	Première utilisation de gaz asphyxiants.
1916	Batailles de Verdun (février-décembre) et de la Somme (juillet-novembre).
1917	Entrée en guerre des États-Unis contre l'Allemagne.
	Révolution bolchevique en Russie.
1918	Capitulation de l'Allemagne (11 novembre).
1919	Traité de Versailles : l'Allemagne doit restituer l'Alsace-Lorraine à la France, perd ses colonies et doit payer 20 milliards de marks-or aux Alliés.
1920	Création de la Société des Nations (SDN).
	Traité de Sèvres : dépeçage de l'Empire ottoman.
1922	Le président du Conseil Aristide Briand est remplacé par Raymond Poincaré.
1924	Cartel des Gauches : politique de réconciliation franco-allemande.
1929	Jeudi noir à Wall Street (24 octobre).
1930	Début de la construction de la ligne Maginot.
1932	Création des allocations familiales, pour relancer la natalité.
1933	Hitler au pouvoir en Allemagne.
1934	Le gouvernement de Chautemps fait place à celui de Daladier.
1936-1938	Front populaire (Léon Blum). Accords de Matignon : congés payés, semaine de 40 heures, conventions collectives, élection de délégués du personnel...
1936-1939	Guerre civile en Espagne.
1938	Anschluss : Hitler annexe l'Autriche et envahit la Tchécoslovaquie.

1939	Début de la Seconde Guerre mondiale.
1940	Évacuation des Alliés à Dunkerque (26 mai-4 juin).
	Pétain président du Conseil (16 juin). De Gaulle lance son appel à la résistance (18 juin). Armistice (22 juin) : début de la collaboration.
1941	Entrée en guerre des États-Unis.
1942	Les nazis adoptent la « solution finale ». Rafle du Vél' d'Hiv (16-17 juillet). Occupation de la zone libre (11 novembre).
1943	Laval instaure le Service du travail obligatoire (STO).
	Capitulation italienne.
	Conférence de Téhéran : Churchill, Roosevelt et Staline statuent sur l'Europe.
1944	Les femmes obtiennent le droit de vote.
	Débarquement allié en Normandie (6 juin).
	Libération de Paris (25 août). De Gaulle chef du Gouvernement provisoire.
1944-1946	Nationalisations (marine marchande, transports aériens, houillères, électricité et gaz, banques, usines Renault).
1945	Capitulation de l'Allemagne (8 mai).
	Naissance de l'ONU.
	Bombardement atomique d'Hiroshima puis de Nagasaki (6 et 9 août).
1946	IVᵉ République (→ 1958).
	Plan Marshall de reconstruction de l'Europe.
1946-1954	Guerre d'Indochine (Vietnam, Laos et Cambodge) contre le Viêt-minh de Hô Chi Minh. La défaite de Diên Biên Phu consacre la victoire des Vietnamiens.
1949	Création de l'OTAN (Organisation du traité de l'Atlantique Nord).
1951	Création de la CECA (Communauté européenne du charbon et de l'acier).
1952	Redressement financier de la France sous le gouvernement Pinay.
1954-1962	Guerre d'Algérie.
1956	Indépendance du Maroc et de la Tunisie.
1957	Création de la Communauté économique européenne (traité de Rome).
1958	Retour de De Gaulle au pouvoir. Vᵉ République (→ 1969).
1960	Mise en circulation du « nouveau franc ».
	Indépendance de Madagascar, du Bénin, du Niger, du Burkina Faso et de la Côte-d'Ivoire.
1961-1975	Guerre du Vietnam.
1966	La France quitte l'OTAN.
1968	Révolte étudiante (mai) ; grève générale.
1969-1974	Georges Pompidou président.
1973	Premier choc pétrolier (le prix de l'or noir est multiplié par cinq).
1974-1981	Valéry Giscard d'Estaing président.
1981-1995	François Mitterrand président.
1992	Création de l'Union européenne (traité de Maastricht).
1995-2007	Jacques Chirac président.

La Belle Époque

La Belle Époque, de 1900 à 1914, est une période d'optimisme où l'on célèbre les nouvelles techniques – cinéma, automobile, électricité –, la presse illustrée, le sport et les loisirs.

Dans la lignée des philosophes des Lumières, la notion moderne d'« engagement » naît lors de l'affaire Dreyfus, au tout début du siècle. L'injuste condamnation de l'officier Dreyfus dévoile l'antisémitisme d'une partie des Français et amène des écrivains – Zola**, France*, Péguy* – à prendre parti contre l'intolérance, tandis que d'autres – Barrès*, Maurras – défendent la « France éternelle ».

Affiche de Jules Alexandre Grun, 1898, Städtische Kunstsammlungen, Chemnitz.

Vers le moi profond

Le roman psychologique du début de siècle

Également : Claude Farrère, Louis Hémon

Pierre Loti (1850-1923)
• *Aziyadé* (1879), récit romancé de sa passion pour une jeune Turque à Istanbul, et sa suite *Fantôme d'Orient* (1891).
• *Pêcheur d'Islande* (1886), sur la dure vie des marins bretons partant chaque année en campagne de pêche en Islande.
• *Madame Chrysanthème* (1887), situé au Japon.
• *Les Derniers Jours de Pékin* (1902), *Vers Ispahan* (1904), désirs d'ailleurs…

Eugène Le Roy (1836-1907)
• *Jacquou le Croquant* (7 vol., 1899), qui exalte la vie paysanne dans le Périgord au XIX⁰ siècle.

Victor Segalen (1878-1919)
• *Les Immémoriaux* (1907), où ce voyageur-poète évoque les Maoris et leur culture.
• *Équipée* (1929), récit d'aventures dans un univers chinois où « tout est immobile et suspendu ».

Colette (1873-1954)
• *Les Vrilles de la vigne* (1908), recueil de nouvelles qui exprime son goût pour la nature et la nostalgie de sa terre natale, l'Yonne.
• *La Vagabonde* (1910), célébration de la liberté, de la beauté et du pouvoir de fascination de la femme.

Louis Pergaud (1882-1915)
• *La Guerre des boutons* (1912), où les enfants de deux villages voisins se font la guerre.

Rêverie du soir. Alfons Mucha, 1899.

Alain-Fournier (1886-1914)
• *Le Grand Meaulnes* (1913), roman autobiographique alliant réalisme et féerie. Le grand et douloureux amour qui domine sa vie reflète le besoin d'idéal et de spirituel de la génération des années 1910.

La découverte de soi par la narration

Marcel Proust (1871-1922)
Rejetant le réalisme (« défilé cinématographique des choses ») comme le symbolisme (« une œuvre où il y a des théories est comme un objet sur lequel on laisse la marque du prix »), Proust invente le roman moderne. Le

réel, dont on ne peut avoir qu'une vision subjective et fragmentée, est reconstruit par la mémoire : le « temps perdu » est retrouvé. Il s'agit d'« essayer d'aller jusqu'à ce fond extrême où gît la vérité, l'univers réel, notre impression authentique ». Proust fait donc du roman une interrogation sur l'auteur et son œuvre.

À la recherche du temps perdu est une réflexion qui commence dès le début du livre, lorsque le narrateur indique que, depuis l'enfance, il souhaitait devenir écrivain mais ne possédait pas le génie suffisant pour trouver un sujet. Dès lors, il s'engage dans un récit de la vie du héros, qui se déroule sans incident, presque stérile, jusqu'à ce qu'il comprenne, vers la fin de l'ouvrage, que c'est la vie elle-même qui est le sujet du roman. La *Recherche* est donc le récit de la vie de Proust au sein de son milieu social. Son sujet central est toutefois la prise de conscience du temps.

> Longtemps, je me suis couché de bonne heure. [...] je n'avais pas cessé en dormant de faire des réflexions sur ce que je venais de lire, mais ces réflexions avaient pris un tour un peu particulier. (Incipit)

La *Recherche* est constituée de *Du côté de chez Swann* (1913), *À l'ombre des jeunes filles en fleurs* (1919), *Le Côté de Guermantes* (1920), *Sodome et Gomorrhe* (1921), *La Prisonnière* (posth., 1923), *Albertine disparue ou la Fugitive* (posth., 1925) et *Le Temps retrouvé* (posth., 1927). Le narrateur écrit sous le « je » autobiographique et ajoute à ses souvenirs de nombreuses dimensions (réflexions, rapprochements) qui se mêlent aux souvenirs. La conscience forge la réalité, la crée par l'imagination et les désirs. Le temps joue un rôle essentiel dans cette projection de l'esprit sur les choses, car l'homme change et vieillit et sa perception s'en trouve modifiée. Les êtres, les choses qui nous entourent évoluent également. Le souvenir est donc une autre réalité qui coexiste avec la fuite du temps, et que la littérature peut faire revivre par l'évocation. Les sens ont également un pouvoir de résurrection : la coïncidence entre une sensation présente et le souvenir de cette sensation fait revivre tout un monde de visages, de lieux, d'objets disparus. Par exemple, la saveur d'une madeleine remplit Proust d'une « essence précieuse », qu'il nomme « l'édifice immense du souvenir » :

> Et tout d'un coup le souvenir m'est apparu. Ce goût, c'était celui du petit morceau de madeleine que le dimanche matin [...] ma tante Léonie m'offrait

après l'avoir trempé dans son infusion de thé ou de tilleul […].

Du côté de chez Swann

Ces sensations sont traduites par de longues phrases, précises comme des touches de peinture, qui décrivent avec un humour discret la complexité des esprits, des émotions (comme la jalousie) que Proust observe chez ses contemporains.

Félix Vallotton, *Ex-libris* de L. Joly, 1893.

Crise spirituelle et recherche d'idéal

À la Belle Époque, un groupe d'auteurs à succès sert les idées de la bourgeoisie au pouvoir – au premier rang desquels Maurice Barrès. Mais le rationaliste Anatole France ou la sensuelle Colette tranchent sur ce fond de conformisme.

Le roman à idées

Anatole France (1844-1924)

• *La Rôtisserie de la reine Pédauque* (1893), conte philosophique où l'abbé Coignard, opposé à tout fanatisme, est le porte-parole de l'écrivain libre-penseur.

• *Les dieux ont soif* (1912), qui a pour cadre la Révolution française et qui dénonce les crimes commis au nom de la raison.

Romain Rolland (1866-1944, prix Nobel 1915)

• *Jean-Christophe* (10 vol., 1904-1912), vaste fresque familiale et sociale centrée sur un musicien humaniste, qui exalte avec lyrisme les sentiments généreux et défend des thèses pacifistes. Ou comment trouver la paix intérieure à travers difficultés professionnelles, intrigues sentimentales et dégradation du climat international…

Quand le temps est compté et les paroles mesurées, on ne dit rien de trop et on prend l'habitude de ne penser que l'essentiel. Ainsi on vit double. (© Albin Michel)

L'inquiétude des romanciers catholiques

Également : Léon Bloy**, Hansi, Charles Maurras

Maurice Barrès (1862-1923)
• *La Colline inspirée* (1913), roman nationaliste enraciné dans le terroir lorrain et le mysticisme catholique.

> Il est des lieux où souffle l'esprit…
> (Introduction)

Roger Martin du Gard (1881-1958, prix Nobel 1937)
• *Jean Barois* (1913), où un intellectuel qui a toujours voué un culte à la Raison revient à la foi en Dieu quand il est vieux et malade.

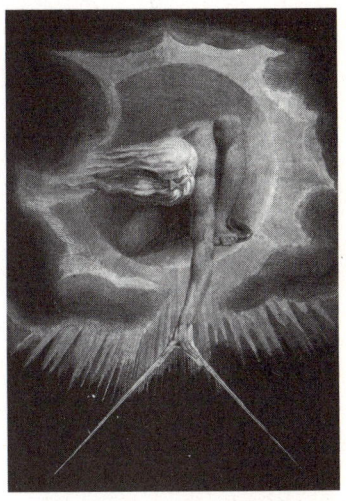

L'Ancien des Jours. William Blake, 1794, Fitz William Museum, Cambridge.

Quête de plaisir et esthétique de la pureté

André Gide (1869-1951, prix Nobel 1947)
Au tout début du siècle, André Gide milite contre le colonialisme, s'insurge contre les valeurs catholiques et bourgeoises et rejette, non sans déchirements, la moralité traditionnelle.

• *Les Nourritures terrestres* (1897), qui exaltent la sensualité et récusent l'idée de péché. Il s'agit d'apprendre à libérer ses désirs pour laisser s'épanouir le moi, étouffé par les règles et les conventions, afin de goûter à tous les fruits de la terre.

> Toute connaissance que n'a pas précédée une sensation m'est inutile. (© Gallimard)

• *L'Immoraliste* (1902), sur la lutte contre la maladie et l'homosexualité. Le héros, Michel, fait son autocritique en retraçant l'histoire de sa libération des conventions morales.

17

Après que l'aile de la mort a touché, ce qui paraissait important ne l'est plus. […] L'amas sur notre esprit de toute connaissance acquise s'écaille comme un fard et, par places, laisse voir à nu la chair même, l'être authentique qui se cachait. (© Mercure de France)

Vue dans une ruelle. August Macke, 1914, Städtisches Museum, Mülheim.

• *Les Caves du Vatican* (1914), roman de politique-fiction qui caricature les dévots et les hommes de lettres. Le héros, Lafcadio, n'a qu'une seule valeur : la liberté.

• *La Symphonie pastorale* (1919), histoire d'un pasteur qui recueille une jeune aveugle orpheline et prend peu à peu conscience que son intérêt pour elle n'est pas seulement évangélique…

• *Les Faux-Monnayeurs* (1925), chef-d'œuvre de l'inquiétude, qui évoque un univers de dévoyés et de désespérés. Gide innove en utilisant des techniques modernes : « mise en abyme » (enchâssement d'un récit dans un autre) conférant à la narration un caractère inépuisable, diversité des points de vue, composition kaléidoscopique. Cherchant à réduire le roman à sa pure essence, il abandonne la chronologie linéaire et retranscrit la simultanéité des gestes et des pensées.

L'avant-garde poétique

La poésie est très à l'honneur au début du siècle : tout homme de lettres se doit de commencer sa carrière par un volume de poèmes. La Belle Époque est marquée par la remise en question du symbolisme et le retour aux sujets concrets – comme en témoignent le naturisme ou l'unanimisme. Puis ce sera l'« esprit nouveau » avec Apollinaire, le développement spectaculaire des techniques et de la psychanalyse poussant les poètes à explorer de nouvelles sources d'inspiration.

Éloge de la modernité

Émile Verhaeren (1855-1916)
• *Les Villes tentaculaires* (1895), qui exaltent avec lyrisme le monde moderne.

André Spire (1868-1966)
• *Et vous riez!* (1905), *Et j'ai voulu la paix!* (1916), recueils âpres et réalistes, en vers libres.

Verhaeren entouré du peintre Cross, des écrivains Maeterlinck, Gide et Viélé-Griffin, du biologiste Ghéon, du médecin Le Dantec et du critique d'art Fénéon. *La Lecture*, Théo Van Rysselberghe, 1903, musée des Beaux-Arts, Gand.

Charles Vildrac (1882-1971)
• *Livre d'amour* (1910), une poésie directe, fraternelle, qui chante avec optimisme les choses simples de la vie.

Le naturisme

Également : Saint-Georges de Bouhélier

Le naturisme vise à restituer un humanisme en poésie et propose une libération métrique.

Paul Fort (1872-1960)
• *Les Ballades françaises* (environ 40 vol., 1896-1958), qui mêlent symbolisme, simplicité et lyrisme. Le sonnet « Le Petit Cheval » a été chanté par Georges Brassens.

Francis Jammes (1868-1938)
• *De l'angélus de l'aube à l'angélus du soir* (1898), *Le Deuil des primevères* (1901), *Tristesses* (1905), poésies libres et sensuelles.

> J'aime l'âne si doux
> Marchant le long des houx

« J'aime l'âne » (© Gallimard)

L'unanimisme

Également : Georges Duhamel*, Pierre Jean Jouve*, Charles Vildrac*

Jules Romains (1885-1972)

• *Le Poème du métropolitain* (1904), *L'Âme des hommes* (1914), qui illustrent la doctrine de l'« unanimisme », visant à exalter la vie collective :

> Par unanimisme, entendez simplement l'expression de la vie unanime et collective. Nous éprouvons un sentiment de la vie qui nous entoure et qui nous dépasse.

La Vie unanime, 1913 (© Gallimard)

Le romantisme au féminin

Anna de Noailles (1876-1933)

• *Le Cœur innombrable* (1901), poésie charnelle associée aux sentiments.

Renée Vivien (1877-1909)

• *Cendres et Poussières* (1902), vers d'inspiration antique qui chantent les amours saphiques.

L'« esprit nouveau »

Les années 1910 voient se produire une révolution poétique autour d'Apollinaire, qui sera nommée « l'esprit nouveau ». L'époque est à l'émerveillement devant le monde et les progrès techniques. Cendrars prend la tour Eiffel ou la vitesse comme sujets, tandis qu'Apollinaire fonde sa poésie sur le « nouveau » et la « surprise ». La poésie doit désormais représenter la Vie. Par ses innovations, Apollinaire est le précurseur des poètes modernes.

Raymond Roussel (1877-1933)
• *Impressions d'Afrique* (1910), poésies écrites sous contraintes à la manière de l'Oulipo*, avec des jeux complexes sur les sens.
• *Locus Solus* (1914), du nom de la propriété de M. Cauterel, étrange inventeur qui peut ressusciter les morts.

Blaise Cendrars (1887-1961)
• *La Prose du Transsibérien et de la Petite Jehanne de France* (1913), premier livre-objet. Ce poème très rythmé de 445 vers était composé à l'origine en caractères de grosseurs différentes sur une bande de papier de deux mètres. Il était illustré par Sonia Delaunay, qui réalisa à la gouache et au pochoir une peinture abstraite sur toute la longueur du texte.

Cendrars par Modigliani, 1918, coll. part.

Guillaume Apollinaire (1880-1918)
• *Le Bestiaire* (1909), inspiré du merveilleux médiéval.
• *Alcools* (1913), qui mêle tous les tons et toutes les sources d'inspiration. Ses thèmes sont classiques – fuite du temps, fugacité des sentiments, le « mal-aimé » –, mais ses inventions sont modernes : juxtapositions de type cubiste, témérité des images (« Soleil cou coupé »), abolition de la ponctuation car « le rythme même et la coupe des vers sont la véritable ponctuation ».

> Vienne la nuit sonne l'heure
> Les jours s'en vont je demeure

« Le Pont Mirabeau » (© Gallimard)

• *Calligrammes* (1918), où Apollinaire compose des dessins avec les lettres et les mots de ses poèmes.
• *Poèmes à Lou* (posth., 1956).

> La nuit mon cœur la nuit est très douce et très blonde
> O Lou le ciel est pur aujourd'hui comme une onde
> Un cœur le mien te suit jusques au bout du monde

« Adieu! », 4 février 1915

Max Jacob (1876-1944)

• *Le Cornet à dés* (poèmes en prose, 1917), recueil facétieux, brillant, d'un poète déchiré entre les tentations du monde et les élans mystiques.

Jacob par Modigliani, 1916, Kunstsammlung
Nordrhein-Westfallen, Düsseldorf.

Ce n'est ni l'horreur du crépuscule blanc,
ni l'aube blafarde que la lune refuse
d'éclairer, c'est la lumière triste des rêves où
vous flottez coiffées de paillettes,
Républiques, Défaites, Gloires! Quelles
sont ces parques? quelles sont ces Furies?
Est-ce la France en bonnet phrygien? est-ce
toi, Angleterre? est-ce l'Europe? est-ce la
Terre sur le Taureau-nuage de Minos? Il y a
un grand calme dans l'air et Napoléon
écoute la musique du silence sur le plateau
de Waterloo. Ô Lune, que tes cornes le
protègent! il y a une larme sur ses joues
pâles! si intéressant est le défilé des
fantômes.

«Poèmes déclamatoires» (© Gallimard)

Les cosmopolites

Valery Larbaud (1881-1957)

• *Poésies de A.O. Barnabooth* (1908), qui célèbrent un monde cosmopolite où se réverbèrent toutes les langues.

Prête-moi ton grand bruit, ta grande allure si douce,
Ton glissement nocturne, à travers l'Europe illuminée,
Ô train de luxe! et l'angoissante musique
Qui bruit le long de tes couloirs de cuir doré

« Ode » (© Gallimard)

Saint-John Perse (1887-1975, prix Nobel 1960)

• *Éloges* (1911), *Anabase* (1924), poésies lyriques dont les saisons, la nature et les éléments forment la matière.

> Nous n'habiterons pas toujours ces terres jaunes, notre délice…
> L'Été plus vaste que l'Empire suspend aux tables de l'espace plusieurs étages de climats.

> *Anabase* (© Gallimard)

Victor Segalen (1878-1919)

• *Stèles* (1912), inspirées par un voyage en Chine, aux confins de soi.

> Je règne par l'étonnant pouvoir de l'absence.

Le Cheval blanc. Paul Gauguin, fin du XIXe siècle, musée d'Orsay, Paris.

La poésie mystique

Également : Oscar Milosz, Marie Noël

Charles Péguy et Paul Claudel, tous deux convertis, retrouvent le sens du mystère et du symbole dans une poésie au lyrisme religieux intense.

Paul Claudel (1868-1955)

• *Connaissance de l'Est* (1907), *Cinq Grandes Odes* (1908), où Claudel accorde une importance capitale au rythme, les « blancs » correspondant au fonctionnement intermittent de notre pensée. La métaphore poétique est identifiée au Verbe divin.

Charles Péguy (1873-1914)

• *Le Mystère de la charité de Jeanne d'Arc* (1910), *Les Tapisseries* (1912), *La Tapisserie de Notre-Dame* (1913), œuvre lyrique qui célèbre la terre maternelle, le patriotisme chrétien, la dimension sacrée de l'existence.

> Heureux ceux qui sont morts pour la terre charnelle,
> Mais pourvu que ce fût dans une juste guerre. (« Ève »)

Le théâtre de la Belle Époque

Au début du siècle, le théâtre reste fidèle aux formes classiques mais, dans chaque genre, des innovations jettent les bases du théâtre moderne. Servi par des acteurs exceptionnels tels que Lucien Guitry ou Sarah Bernhardt, il occupe une place majeure dans les goûts culturels de la Belle Époque.

Le théâtre satirique

Également : Henry Bernstein*, Octave Mirbeau**

Georges Feydeau (1862-1921)

• *Tailleur pour dames* (1886), *Monsieur chasse* (1892), *Le Dindon* (1896), *La Puce à l'oreille* (1907), vaudevilles aux nombreux rebondissements où ce maître du boulevard raille férocement la société bourgeoise et les déboires de la vie de couple.

Georges Courteline (1858-1929)

• *Les Gaîtés de l'escadron* (1886), *Messieurs les ronds-de-cuir* (1893), *Boubouroche* (1893), *Le gendarme est sans pitié* (1899), *Le commissaire est bon enfant* (1900), *Les Balances* (1901), comédies légères qui tournent en dérision les travers des militaires, des bureaucrates, de la petite bourgeoisie, des forces de l'ordre…

ALFRED JARRY

Ubu Roi

AVEC LES CROQUIS DE L'AUTEUR

FASQUELLE ÉDITEURS PARIS

Alfred Jarry (1873-1907)

• *Ubu roi* (1888), farce tragique qui met en garde contre toutes les manifestations de la bêtise et qui ébranle les conventions théâtrales : langage osé, intrigue et personnages schématiques, non-conformisme provocant. Dans une Pologne fantaisiste, le père Ubu prend le pouvoir, fait massacrer les nobles pour confisquer leurs biens et collecte lui-même l'impôt.

PÈRE UBU. Eh bien, cornegidouille, écoute-moi bien, sinon ces messieurs
te couperont les oreilles. Mais vas-tu m'écouter enfin ?
STANISLAS. Mais Votre Excellence n'a encore rien dit.

Ubu incarne le ridicule, la bassesse, la vulgarité et l'absurdité des hommes.

Tristan Bernard (1866-1947)
• *Les Pieds nickelés* (1895), *Triplepatte* (1905), *Les Jumeaux de Brighton*
(1908), *Le Petit Café* (1911), pièces de boulevard pleines d'humour, d'invention et de frivolité.

Le théâtre spirituel et poétique

Paul Claudel (1868-1955)
Avec ses drames lyriques, baroques, cosmiques, Claudel ouvre le
théâtre au monde, à l'histoire et à la poésie. Avec lui le charnel aspire au
spirituel, conduisant ainsi l'humanité vers la grâce.
• *Partage de midi* (1906), qui traite du déchirement entre l'appel de la
foi et celui de la passion, et de l'impossibilité de réaliser un amour humain.
• *L'Annonce faite à Marie* (1912), où les deux protagonistes s'aiment
d'un amour impossible dans l'Espagne très catholique des conquistadors ;
mais leurs vies mouvementées ne séparent pas leurs âmes, appelées à enfin
se réunir dans la vie éternelle…

Le renouvellement du « boulevard »

Également : Édouard Bourdet, Eugène Labiche, Henri-René Lenormand, Marcel Pagnol*, Jules Romains*

Sacha Guitry (1885-1957)
• *Nono* (1905), *Petite Hollande* (1908), *Le Veilleur de nuit* (1911), comédies sur l'adultère mettant en scène la grande bourgeoisie. Ce théâtre de
boulevard voit le triomphe du mot d'esprit ironique, teinté de misogynie…

Les femmes ne font que des bêtises quand elles réfléchissent.

Faisons un rêve (© L'Avant-Scène Théâtre)

L'entre-deux-guerres

Mises en sommeil par la guerre, les avant-gardes vont vite se réveiller une fois la paix conclue. Regardant vers l'avenir, elles réclament des formes nouvelles. Audace et expérimentations sont préférées à l'ordre et à la perfection. Mais les blessures de la guerre ont du mal à se refermer et nourrissent nombre de romans.

Le roman de situation

Le récit de la guerre

Également : Jean Paulhan

L'Heure du courrier. Le Poitevin, 1916, musée de la Guerre, Vincennes.

Henri Barbusse (1873-1935)
• *Le Feu* (1916), « journal d'une escouade » qui relate la vie collective des soldats dans les tranchées.

Maurice Genevoix (1890-1980)
• *Ceux de Quatorze* (5 vol., 1916-1923), inspirés par ses souvenirs de soldat.

Georges Duhamel (1884-1966)
• *Vie des martyrs* (1917), *Civilisation* (1918), bouleversants témoignages sur les martyrs de la guerre de 1914, plaidoyers contre la barbarie et pour le salut de l'homme.

Roland Dorgelès (1885-1973)
• *Les Croix de bois* (1919), du nom des croix faites à la va-vite qui étaient posées au-dessus des cadavres de soldats pendant la guerre.

Roger Vercel (1894-1957)
• *Capitaine Conan* (1934), qui raconte l'histoire d'un soldat breton sur le front balkanique vers 1918. Là-bas, il sera dans les corps francs, et combattra les forces ennemies, commettant les pires atrocités au nom de la survie.

Critique sociale et peinture des mœurs

Également : Irène Némirovsky

Louis Aragon (1897-1982)

L'Avenue de l'Opéra. Camille Pissaro, 1880, musée des Beaux-Arts, Reims.

• *Les Cloches de Bâle* (1934), satire des mœurs provinciales.
• *Les Beaux Quartiers* (1936), qui critique l'hypocrisie et les bassesses de la bourgeoisie parisienne ; son héros, Armand Barbentane, refuse sa condition sociale.
• *Les Voyageurs de l'impériale* (1942), situé à la Belle Époque.
• *Aurélien* (1944), roman d'un double échec : amoureux (Aurélien perd Bérénice) et politique (il accepte son destin bourgeois de directeur d'usine).

La première fois qu'Aurélien vit Bérénice, il la trouva franchement laide.

Incipit (© Gallimard)

Robert Brasillach (1909-1945)
• *Comme le temps passe…* (1937), chronique de l'avant-guerre de 1914.
• *Notre avant-guerre* (1941), sur l'entre-deux-guerres.

Le roman-fleuve, grande fresque sociale

Également : Jacques de Lacretelle*, Romain Rolland*

Au début du siècle, dans la lignée des *Rougon-Macquart* de Zola** ou de *La Comédie humaine* de Balzac**, des romanciers se proposent de peindre de vastes fresques sociales pour retracer les itinéraires individuels et les grandes questions de leur époque.

Roger Martin du Gard (1881-1958, prix Nobel 1937)

• *Les Thibault* (8 vol., 1922-1940), longue saga familiale qui couvre les années 1905-1918 et dénonce l'hypocrisie bourgeoise. Elle relate le destin de deux frères – un médecin conservateur et va-t-en-guerre, et un écorché vif révolté et pacifiste – que la Grande Guerre va opposer. Leur incompréhension mutuelle est caractéristique des débats idéologiques de l'époque.

Jules Romains (1885-1972)

• *Les Hommes de bonne volonté* (27 vol., 1932-1947), gigantesque fresque réaliste et humaniste retraçant l'évolution de la société entre 1908 et 1933. C'est l'expression la plus accomplie de l'« **unanimisme** », idée maîtresse de Romains, qui est d'exprimer l'âme collective d'un groupe social. Le sujet est non pas une destinée individuelle mais « un vaste ensemble humain, avec une diversité de destinées individuelles qui y cheminent chacune pour leur compte, en s'ignorant pour la plupart du temps ».

Georges Duhamel (1884-1966)

• *La Chronique des Pasquier* (10 vol., 1933-1945), qui allie confession égocentrique et chronique de la société, où Duhamel dénonce les progrès technologiques.

Le Champ de blé. John Constable, 1826, National Gallery, Londres.

Les rustiques

Également : Henri Pourrat

Dans la lignée de George Sand** au siècle précédent, des romanciers donnent la parole aux gens « simples » et disent leur amour du terroir et de la nature.

Marcel Aymé (1902-1967)

• *Brûlebois* (1927), *La Table-aux-crevés* (1929), *La Jument verte* (1933), qui évoquent l'Yonne natale de l'auteur.

Colette (1873-1954)

• *La Naissance du jour* (1928), où Colette célèbre la Provence avec puissance et sensualité. Émerveillée devant la nature, elle aime s'attarder sur les petites choses qui font tout le sel de la vie : un chat qui s'étire, les premiers rayons du soleil…

Maisons en Provence. Paul Cézanne, 1879-1882, National Gallery of Art, Washington.

Maurice Genevoix (1890-1980)

• *Raboliot* (1925), où Genevoix cherche à transmettre son idéal moral et son respect pour la nature par l'intermédiaire des aventures d'un incorrigible braconnier solognot.

Jean Giono (1895-1970)

Pour Giono, les vraies richesses viennent de la terre et de ses travaux, de l'adhésion à l'ordre naturel du monde et de la liberté individuelle, qui est incompatible avec la civilisation moderne. Pacifiste convaincu, il décrit avec lyrisme la lutte fraternelle de l'homme contre les éléments.

• *Colline* (1929), sur le pouvoir des sourciers.
• *Regain* (1930), où un couple fait revivre un village mort.
• *Jean le Bleu* (1932), sur le père cordonnier de Giono.
• *Le Chant du monde* (1933), récit d'aventures insolites en harmonie avec la nature.

> Je voudrais écrire un livre qui fasse chanter le monde. (© Gallimard)

• *Le Hussard sur le toit* (1951), qui évoque les ravages du choléra en Provence en 1838.

Charles-Ferdinand Ramuz (1878-1947)

• *L'Amour du monde* (1925), *La Grande Peur dans la montagne* (1926), qui ont pour cadre le monde rural de la Suisse romande. Ramuz n'hésite pas à malmener la syntaxe pour produire un style expressif qu'il oppose à la langue morte des grammairiens.

La Charmeuse de serpents.
Henri Rousseau, 1907, musée d'Orsay, Paris.

L'exotisme

Également : Pierre Benoit, Joseph Delteil, Pierre Mac Orlan

L'exotisme séduit à toutes les époques mélancoliques. Il symbolise la nouveauté, l'ouverture aux autres, l'énergie – la vie! – et permet de fuir l'ennui, le dégoût, la névrose… ou de se redécouvrir soi-même.

Blaise Cendrars (1887-1961)
• *L'Or* (1925), qui conte les aventures du général Suter, ses débuts dans le journalisme, son mariage avec une riche Américaine puis son départ pour la Guyane où il fait fortune, devient député, défend la cause des Noirs et meurt assassiné.

Henry de Monfreid (1879-1974)
• *Les Secrets de la mer Rouge* (1931), *La Croisière du haschich* (1933), *Du Harar au Kenya* (1949), *Le Naufrageur* (1950), romans d'inspiration autobiographique d'un écrivain-aventurier.

Jacques Audiberti (1899-1965)
• *Abraxas* (1938), dans lequel le fantastique se mêle au quotidien sur fond d'humour noir. (Voir le théâtre d'Audiberti p. 81.)

Le roman en quête de sens

La lutte contre le Mal

Également : Marcel Jouhandeau*, Joseph Malègue

François Mauriac (1885-1970, prix Nobel 1952)
Les romans à thèse de Mauriac sont de cruelles satires de l'hypocrisie bourgeoise. La plupart de ses personnages sont partagés entre leurs

pulsions perverses (concupiscence, cupidité) et leurs aspirations morales.

• *Le Baiser au lépreux* (1922), où derrière les volets clos d'une maison landaise s'écoulent les tristes vies d'un père et d'un fils ayant « du bien ».

• *Thérèse Desqueyroux* (1927), où l'héroïne revit tout son passé jusqu'au moment où elle a tenté d'empoisonner son mari.

> Ce corps contre ce corps, aussi léger qu'il fût, l'empêchait de respirer. (© Grasset)

• *Le Nœud de vipères* (1932), où un vieil homme rédige à l'intention de sa femme une lettre qui devra être découverte dans le coffre-fort après sa mort, à la place de l'héritage.

> Tu seras étonnée de découvrir cette lettre dans mon coffre, sur un paquet de titres. Il eût mieux valu peut-être la confier au notaire qui te l'aurait remise après ma mort, ou bien la ranger dans le tiroir de mon bureau – le premier que les enfants forceront avant que j'aie commencé d'être froid. (© Grasset)

Georges Bernanos (1888-1948)

• *Sous le soleil de Satan* (1926), *La Joie* (1929), *Un crime* (1935), *Journal d'un curé de campagne* (1936), *Les Grands Cimetières sous la lune* (1938) dont les héros, des gens simples, sont isolés dans leur lutte contre le Mal.

> Chacun de nous vaut le sang de Dieu.
>
> *Journal d'un curé de campagne* (© Plon)

Julien Green (1900-1998)

• *Mont-Cinère* (1926), *Léviathan* (1929), *Varouna* (1940), *Moïra* (1950), *Sud* (1953), où transparaissent l'angoisse de Green, son inlassable quête de sens et ses déchirements entre sensualité et mysticisme. *Moïra* conte l'inexorable passion d'un étudiant de 19 ans pour Moïra, qu'il tue à l'aube de leur première nuit d'amour.

Après la faute. Jean Béraud, v. 1885, National Gallery, Londres.

L'héroïsme de l'action

L'Homme à la barre. Théo Van Rysselberghe, 1892, musée d'Orsay, Paris.

Henry de Montherlant (1895-1972)

• *Le Songe* (1922), *Les Bestiaires* (1926), *Les Célibataires* (1934), où Montherlant célèbre les valeurs viriles du courage, de la force physique et de la maîtrise de soi. Dans *Les Bestiaires*, le héros demande à partir pour le front le jour où il apprend qu'un de ses amis a été tué à la guerre. À l'opposé de la médiocrité, l'univers guerrier est celui des hommes, seuls devant la mort.

André Malraux (1901-1976)

Malraux considère que l'existence sans Dieu est absurde, mais que l'action donne à l'homme une raison de vivre et une dignité. Les causes pour lesquelles luttent les héros de ses romans sont plus un moyen qu'une fin, car elles les tirent du néant.

• *La Tentation de l'Occident* (1926), qui dénonce la colonisation. Inspirée par les voyages de Malraux en Asie du Sud-Est, cette fresque-fiction analyse la crise des civilisations entraînée par la colonisation.

• *Les Conquérants* (1928), premier des trois volets sur la condition humaine, à travers des épisodes de la lutte révolutionnaire en Chine.

J'ai appris qu'une vie ne vaut rien mais rien ne vaut une vie. (© Gallimard)

• *La Voie royale* (1930), inspirée de ses mésaventures au Cambodge, où deux Occidentaux veulent voler des sculptures dans un univers hostile.

• *La Condition humaine* (1933), qui retrace les événements révolutionnaires de Shanghai en 1927, mêlant action et réflexion philosophique.

• *L'Espoir* (1937), documentaire romancé sur la guerre civile espagnole et la menace du fascisme ; au-delà de la tragédie humaine, l'existence de la fraternité permet de garder espoir en l'homme.

L'espoir des hommes, c'est leur raison de vivre et de mourir. (© Gallimard)

Antoine de Saint-Exupéry (1900-1944)

• *Vol de nuit* (1931), qui évoque la progression difficile d'un courrier depuis la Patagonie et la tragique responsabilité des stations qui le guident.

• *Terre des hommes* (1939), où l'avion permet de découvrir le vrai visage de la planète, de rencontrer l'héroïsme comme la misère, de méditer sur le sens de la vie.

• *Le Petit Prince* (1943), qui met en scène des animaux et des fleurs parlants, des planètes-jouets, mais surtout un enfant venu d'ailleurs, à la pureté désarmante, au chagrin mystérieux, face à un narrateur-aviateur en panne dans le désert…

Dessine-moi un mouton… (© Gallimard)

Le roman psychologique des années 1920

Également : Guy des Cars, Jacques Chardonne, Jean Giraudoux*, Pierre Jean Jouve*, Henri de Régnier

Le visage humain fut toujours mon grand paysage.

Colette, *Trait pour trait*, 1949

Colette (1873-1954)

Lancée par la série des *Claudine*, Colette analyse avec énergie et passion la vie agitée du couple (*Chéri*, 1920), le monde de l'adolescence (*Le Blé en herbe*, 1923), la personnalité de sa mère (*Sido*, 1929), la jalousie (*La Chatte*, 1933). Volontiers provocatrice, elle n'hésite pas à décrire sa vie, quitte à faire scandale… Mais, par-delà le monde troublé de l'existence, Colette écrit de manière subtile, sensuelle et poétique le plaisir de contempler la beauté, et aussi la laideur des choses, dans leur expression la plus simple.

Jacques de Lacretelle (1888-1985)

• *Silbermann* (1922), sur un jeune garçon juif dont la religion lui vaut l'hostilité de toute la classe…

Raymond Radiguet (1903-1923)

• *Le Diable au corps* (1923), qui conte l'initiation amoureuse, en 1918, d'un garçon de 16 ans par une femme plus âgée que lui, mariée à un soldat qui risque tous les jours sa vie au front. L'analyse psychologique prend souvent la forme de maximes :

> L'amour, qui est l'égoïsme à deux, sacrifie tout à soi, et vit de mensonges.

• *Le Bal du comte d'Orgel* (posth., 1924), suite du *Diable au corps*, où l'héroïne lutte désespérément contre la passion et avoue tout à son mari.

Jean Cocteau (1889-1963)

• *Thomas l'imposteur* (1923), qui met en scène le brutal passage de l'insouciance des Années folles à la guerre de 1914.

• *Les Enfants terribles* (1929), où deux enfants délaissés par leur mère transforment leur chambre en un monde imaginaire où ils laissent libre cours à leurs instincts sauvages sous l'influence néfaste de Dargelos, figure de la Fatalité.

> Ce que l'on te reproche, cultive-le,
> c'est toi-même. (© Grasset)

Cocteau par Modigliani, 1916-1917, Henry and Rose Pearlman Foundation, New York.

André Maurois (1885-1967)

• *Climats* (1928), *Mes songes que voici* (1933), qui témoignent d'une sagesse sceptique et opportuniste.

> Le bonheur est une fleur qu'il ne faut pas cueillir.

> *Mémoires* (© Flammarion)

La montée du « nouveau mal du siècle »

Également : Emmanuel Berl, Francis Carco, Eugène Dabit, Jean Schlumberger

Le bain de sang de la Grande Guerre engendre la remise en question de toutes les valeurs de la société. Le malaise s'accroît encore pendant les années 1930, dont l'atmosphère lourde (montée des extrémismes) suscite une littérature inquiète.

Jean Giraudoux (1882-1944)

• *Siegfried et le Limousin* (1922), sur l'Allemagne de Goethe et de Weimar, de Nuremberg, de Dürer et de Louis II de Bavière.

• *Bella* (1926), qui décrit les difficultés auxquelles sont confrontés deux jeunes amoureux appartenant à des familles politiquement opposées. Malgré tous leurs efforts, leurs mentalités demeurent profondément divergentes.

Joseph Kessel (1898-1979)

• *La Steppe rouge* (1922), qui évoque de terribles scènes de vie en Russie bolchevique.

• *Belle de jour* (1928), où l'épouse d'un médecin se fait call-girl.

• *La Passante du Sans-Souci* (1936), où une juive allemande réfugiée à Montmartre accepte l'inacceptable pour sauver son mari, prisonnier des nazis.

Marcel Arland (1899-1986)

• *L'Ordre* (1929), centré sur le « nouveau mal du siècle » de la jeunesse.

Pierre Drieu La Rochelle (1893-1945)

• *Le Feu follet* (1931), roman autobiographique de l'échec. C'est l'histoire des derniers jours d'un jeune rentier noctambule, qui plaît aux femmes mais qui, rongé par la drogue, finit par se suicider.

Il savait que le ressort principal de son crédit, sa jeunesse, était à bout. (© Gallimard)

Louis-Ferdinand Céline (1894-1961)

• *Voyage au bout de la nuit* (1932), où le soldat Bardamu, antihéros qui est le double imaginaire de Céline, parcourt le monde et dénonce avec un humour noir la guerre, le colonialisme, le travail à la chaîne, la misère en banlieue, la médiocrité. Céline crée pour l'occasion une langue provocatrice, populaire et lyrique, qui fit scandale.

Ça a débuté comme ça. Moi, j'avais jamais rien dit. Rien.

Incipit (© Gallimard)

« Saisissante épopée de la révolte et du dégoût, long cauchemar visionnaire ruisselant d'invention verbale, et dominé par l'inoubliable figure de

Bardamu, le *Voyage* a exercé une action considérable. Céline fut l'un des premiers à vivre ce dont la littérature actuelle allait bientôt se nourrir presque exclusivement : l'absurdité de la vie humaine » (Gaëtan Picon).

On ne sera tranquille que lorsque tout aura été dit, une bonne fois pour toutes, alors enfin on fera silence et on aura plus peur de se taire. Ça y sera. (© Gallimard)

• *Mort à crédit* (1936), récit tragicomique de l'enfance et de la jeunesse bourgeoise de Bardamu, autour d'une mère résignée, d'un père violent, d'une grand-mère complice et d'un inventeur loufoque à Paris au tournant du siècle.

Louis Guilloux (1899-1980)
• *La Maison du peuple* (1927), sur son enfance de fils de militant socialiste.
• *Le Sang noir* (1935), critique de la guerre et des influences néfastes qu'elle exerce sur les hommes, au style tendu et bouleversant. Le professeur de philosophie Cripure (abréviation de *Critique de la raison pure*) s'attaque à la bêtise : il en sera la victime…
• *Le Jeu de patience* (1949), chronique de la vie provinciale entre les deux guerres et vigoureuse protestation contre la souffrance de vivre.

Paul Nizan (1905-1940)
• *La Conspiration* (1938), roman à thèse lucide et ironique sur la jeunesse d'avant-guerre, ou comment les adultes cherchent à sauver leur peau et leurs rêves en trahissant les jeunes.

Foutue jeunesse, foutu siècle que le vingtième. (© Gallimard)

Jean Genet (1910-1986)
• *Notre-Dame des Fleurs* (1944), *Miracle de la rose* (1946), *Journal du voleur* (1949), où Genet, dandy homosexuel et délinquant, éprouve un sentiment de sacré au contact du Mal et glorifie la trahison.

J'avais 16 ans… dans mon cœur, je ne conservais aucune place où pût se loger le sentiment de mon innocence. Je me reconnaissais le lâche, le traître, le voleur, le pédé qu'on voyait en moi…

Journal du voleur, écrit à la prison de la Santé en 1943 (© Gallimard)

L'existentialisme

Jean-Paul Sartre (1905-1980, prix Nobel 1964)

Sartre est en France le chef de file de l'existentialisme, philosophie qu'il a développée dans *L'Être et le Néant* (1943) et *L'existentialisme est un humanisme* (1946). « L'existence précède l'essence » : rien n'est inné, l'homme n'existe que par sa subjectivité, sa liberté et ses choix. Il est condamné à s'engager à chaque instant dans l'action − « si je ne choisis pas, je choisis encore ». Deux attitudes morales sont possibles : adopter les valeurs bourgeoises et la mauvaise foi des croyants, ou refuser et définir une morale qui ne détruise pas la liberté de l'autre.

Le Livre. Juan Gris, 1913,
musée d'Art moderne de la Ville de Paris.

> L'homme est condamné à être libre.
> Condamné, parce qu'il ne s'est pas créé lui-même, et par ailleurs cependant libre, parce qu'une fois jeté dans le monde, il est responsable de ce qu'il fait.
>
> *L'existentialisme est un humanisme* (© Gallimard)

• *La Nausée* (1938), journal d'Antoine Roquentin, qui prend progressivement conscience qu'il existe et que son existence est absurde jusqu'à la nausée.

> Je vois ma main, qui s'épanouit sur la table. Elle vit − c'est moi. [...] je sens son poids sur la table qui n'est pas moi. C'est long, long, cette impression de poids, ça ne passe pas. (© Gallimard)

• *Le Mur* (1939), composé de cinq nouvelles dont les personnages tentent d'échapper à leurs responsabilités ; mais il est impossible de fuir son existence, qui est comme emmurée.

> C'est ta vie contre la sienne. On te laisse la vie sauve si tu nous dis où il est.
>
> « Le mur » (© Gallimard)

(Voir le théâtre de Sartre p. 80, ses romans à thèse p. 50 et son autobiographie p. 69.)

Autour du surréalisme

Le surréalisme touche toutes les formes artistiques : musique (Erik Satie), peinture (Max Ernst, Salvador Dalí, Francis Picabia), cinéma (Luis Buñuel). Il se veut d'abord scientifique, s'appuyant sur les découvertes de Freud concernant l'inconscient, l'importance des rêves et le refoulement des désirs. C'est aussi une « véritable révolution culturelle, puisqu'il nous propose un bouleversement des idées, des images, des mythes, des habitudes mentales qui conditionnent à la fois la connaissance que nous avons de nous-mêmes et notre engagement dans ce monde » (Robert Bréchon). Le surréalisme est avant tout une réaction contre la société et ses contraintes qui conditionnent l'existence.

Les précurseurs

Également : Pierre Albert-Birot, Georges Fourest, Jean Pellerin, Raymond Roussel*

Paul-Jean Toulet (1867-1920)

• *Contrerimes* (posth., 1921), poésie fantaisiste.

> Cette branche aujourd'hui flétrie
> Que je tiens dans ma main
> Qu'elle ait fané sans lendemain
> Il n'y a raillerie.

Jules Supervielle (1884-1960)

• *Gravitations* (1925), *Le Forçat inno-cent* (1930), *Les Amis inconnus* (1934), *La Fable du monde* (1938), *Le Corps tra-gique* (1959), poésies affectées d'un « certain coefficient de prose ». Ses grands thèmes sont les parents perdus, les peuples opprimés, la nature.

Room Construction. Liubov Popova, Russian State Museum, Saint-Pétersbourg.

> Faire en sorte que l'ineffable nous devienne familier
> tout en gardant ses racines fabuleuses…

« En songeant à un art poétique », in *Naissances*, 1951 (© Gallimard)

Pierre Reverdy (1889-1960)

• *Sources du vent* (1929), *Flaques de verre* (prose, 1929), *Ferraille* (1937), où Reverdy cherche à créer, et non à reproduire ou interpréter. Il considère que les images doivent naître du rapprochement de deux réalités éloignées – théorie qui sera reprise par les surréalistes. Retiré dans une abbaye, il produit une poésie dépouillée et mélancolique :

> La vie est une chose grave. Il faut gravir.

> *Le Livre de mon bord* (© Mercure de France)

Le dadaïsme

Également : André Breton*, René Crevel, Benjamin Péret, René Picabia, Jacques Rigaut

Précurseur du surréalisme, le dadaïsme est un mouvement nihiliste radical mené en Suisse par Tristan Tzara entre 1916 et 1921, dont l'objectif est de défigurer la littérature et l'art conventionnels pour les ridiculiser.

Tristan Tzara (1896-1963)

• *Vingt-cinq Poèmes* (1916-1918), *L'Homme approximatif* (1931).

> concentration intérieure craquement des mots qui crèvent crépitent les
> décharges électriques des gymnotes l'eau qui se déchire
> quand les chevaux traversent les accouplements lacustres
> toutes les armoires craquent
> la guerre
> là-bas

> *Vingt-cinq Poèmes* (© Dilecta)

Le surréalisme

Également : René Char*, René Crevel, Benjamin Péret, Philippe Soupault

> Lâchez tout. Lâchez Dada.
> Lâchez votre femme, lâchez votre maîtresse.
> Lâchez vos espérances et vos craintes.
> Semez vos enfants au coin d'un bois.
> Lâchez la proie pour l'ombre.
> Lâchez au besoin une vie aisée,
> Ce qu'on vous donne pour une situation d'avenir.
> Partez sur les routes.

> Breton, revue *Littérature*, 1er avril 1922

Dans les « Années folles » qui suivent la guerre de 14, le surréalisme touche toutes les formes artistiques. Les surréalistes appellent à une révolution intellectuelle, morale et esthétique. Ils cherchent à s'émanciper des contraintes culturelles imposées par la société en s'appuyant sur les avancées de la psychanalyse : comme Rimbaud, ils veulent « changer la vie » et « se faire voyants ». Ils se réclament des dadaïstes mais aussi d'Apollinaire*, auquel ils empruntent le terme de « surréaliste », et de Reverdy*, qui pense qu'une image poétique est d'autant plus puissante qu'elle juxtapose des réalités différentes. Ils vénèrent Sade**, Nerval**, Lautréamont**, Baudelaire**, Rimbaud** ou Jarry*… et, comme les symbolistes, ils emploient les mots pour leurs sonorités et prennent des libertés avec la versification. Ils s'inspirent enfin des cultures dites « primitives », qui les aident à libérer leur esprit de son conditionnement.

L'écrit surréaliste est théorisé en 1924 dans *Une vague de rêve* de **Louis Aragon** et le premier *Manifeste du surréalisme* d'**André Breton** :

> Automatisme de la pensée par lequel on se propose d'exprimer, soit verbalement, soit par écrit, soit de toute autre manière, le fonctionnement réel de la pensée. Dictée de la pensée, en absence de tout contrôle exercé par la raison, en dehors de toute préoccupation esthétique et morale. (© Plon)

La création poétique doit mettre au jour l'« infracassable noyau de nuit » que tout être recèle, pour atteindre le *surréel*,

> point de l'esprit d'où la vie et la mort, le réel et l'imaginaire, le passé et le futur, le communicable et l'incommunicable, le haut et le bas cessent d'être perçus contradictoirement.

Nadja (© Gallimard)

André Breton, « pape » du surréalisme (1896-1966)

• *Les Champs magnétiques* (1920, avec Philippe Soupault), *Clair de terre* (1923), *Les Pas perdus* (1924), *Ralentir travaux* (1930, avec Éluard* et Char*), expériences d'« écriture automatique » qui reposent sur les techniques de l'hypnose et les associations spontanées : le poète se fait l'enregistreur passif de son inconscient, en notant les phrases qui lui viennent sans souci de logique, de morale, d'esthétique ou de syntaxe.

• *Nadja* (1928, 1962), récit délicat et poétique qui se termine par la célèbre phrase : « La beauté sera CONVULSIVE ou ne sera pas. »

« Vous ne pourrez jamais voir cette étoile comme
je la voyais. Vous ne comprenez pas : elle est
comme le cœur d'une fleur sans cœur. » (© Gallimard)

• *Les Vases communicants* (1932), où Breton
cherche à montrer qu'il n'y a pas de séparation
entre rêve et réalité.

• *L'Amour fou* (1937), suite de *Nadja* où
s'entremêlent récits de rêves, de ruptures, pho-
tographies et poésies.

« Je vous souhaite d'être follement aimée. »
(© Gallimard)

L'Échiquier. Juan Gris, 1915,
The Art Institute, Chicago.

• *Signe ascendant* (1942), qui établit des analogies surréalistes entre différentes
choses.

Louis Aragon (1897-1982)

• *Feu de joie* (1920), *Anicet* (1921), *Les Aventures de Télémaque* (1922), *Le
Libertinage* (1924), qui proclament l'intransigeance de la révolte et l'absolu
de la modernité esthétique. *Le Libertinage*, aux tendances anarchisantes, fait
l'apologie de l'amour charnel en refusant le sentimentalisme conventionnel.

• *Le Mouvement perpétuel* (1925), qui réunit les expériences d'écriture
automatique d'Aragon.

• *Le Paysan de Paris* (1926), roman du désir, dépourvu d'intrigue,
simple promenade onirique dans le Paris d'Haussmann…

Robert Desnos, « prophète » du surréalisme (1900-1945)

• *Deuil pour deuil* (1924), long récit fantastique.

• *Corps et biens* (1930), publié peu après sa rupture avec Breton*, à la
fois point de départ et bilan poétique.

Comme, je dis comme et tout se métamorphose.

« Les Sans-Cou » (© Gallimard)

Paul Éluard (1895-1952)

Nous vivons dans l'oubli de nos métamorphoses

Les Yeux fertiles (D.R.)

• *Capitale de la douleur* (1926), *L'Amour, la Poésie* (1929), *La Vie immédiate* (1932), *La Rose publique* (1934), *Les Yeux fertiles* (1936), *Cours naturel* (1938), *Donner à voir* (1939), aux images énigmatiques et lumineuses. Parmi les surréalistes, Éluard est le poète de l'amour, qu'il ne sépare pas de la poésie. Il fait l'éloge du bonheur, de la vie, de la passion, de la chaleur humaine, sur un arrière-fond de souffrance et de « froid ».

> La Terre est bleue comme une orange
> Jamais une erreur les mots ne mentent pas
>
> *L'Amour, la Poésie* (© Gallimard)

Le néosymbolisme

Également : Jean Cocteau*, Léon-Paul Fargue, Saint-Pol-Roux

L'Arbre de vie. Gustav Klimt, 1905-1910,
Österreichisches Museum für angewandte Kunst, Vienne.

Paul Valéry
(1871-1945)
Pour Valéry, disciple de Mallarmé** et des symbolistes, la poésie est avant tout un travail d'architecte à partir de règles et de contraintes.

• *La Jeune Parque* (1917), *Le Cimetière marin* (1920), dont le rythme est celui des vagues ou du vent pour reproduire le souffle de la vie.

> Ce toit tranquille, où marchent des colombes,
> Entre les pins palpite, entre les tombes ;
> [...]
> La mer, la mer, toujours recommencée !
> *Le Cimetière marin* (D.R.)

• *Album de vers anciens* (1920), *Charmes* (1922), nourris de culture antique, où le poète donne aux grands mythes une symbolique personnelle.

Le théâtre entre tradition et transition

La farce, le comique et la satire

Jules Romains (1885-1972)
• *Knock ou le Triomphe de la médecine* (1923), farce médicale qui dénonce le mensonge, le pouvoir et la manipulation.

« Est-ce que ça vous chatouille, ou est-ce que ça vous grattouille ? » (© Belin)

Marcel Achard (1899-1974)
• *Voulez-vous jouer avec moâ ?* (1924), *Jean de la Lune* (1929), *Domino* (1932), *Patate* (1954), théâtre de boulevard sentimental mais touchant où Achard mêle amour, mélancolie, poésie et humour.

Marcel Pagnol (1895-1974)
• *Topaze* (1928), satire de l'arrivisme : un honnête professeur se métamorphose en homme d'affaires véreux…

S'il m'arrive encore de traiter avec vous, je veux bien vous laisser une commission de six pour cent. (© Bernard de Fallois)

• La trilogie marseillaise *Marius* (1929), *Fanny* (1931) et *César* (1946), où Pagnol adopte une écriture pittoresque.

« Le plus grand mérite d'une poésie, c'est d'être bien placée dans la conversation. »

Marius (© Bernard de Fallois)

Le théâtre de l'inquiétude

Également : Georges Bernanos*, Fernand Crommelynck, Michel de Ghelderode, Stève Passeur

Paul Claudel (1868-1965)
• *Le Soulier de satin* (1929), œuvre complexe à la fois épique et romanesque, bouffonne et théologique, qui tente d'englober le monde dans sa totalité et de montrer que l'universel s'enracine dans le particulier.

Armand Salacrou (1899-1989)

• *Une femme libre* (1934), *L'Inconnue d'Arras* (1935), *La Terre est ronde* (1938), *L'Archipel Lenoir* (1947), drames qui dénoncent les injustices sociales et l'angoissante absurdité de la vie. Salacrou y fait éclater le temps et l'espace scéniques. Dans *L'Inconnue d'Arras*, le héros revit toute son existence entre le moment où il se tire une balle dans le cœur et celui où il s'éteint.

Jean Giraudoux (1882-1944)

• *Amphytrion 38* (1929), *Intermezzo* (1933), *La guerre de Troie n'aura pas lieu* (1935), *Électre* (1937), *Ondine* (1939), *Sodome et Gomorrhe* (1943), *La Folle de Chaillot* (1945), théâtre littéraire et humaniste. Giraudoux est un virtuose de la formule inattendue mais révélatrice, de la digression, du jeu de mots enchanteur... Il rompt avec le théâtre d'intrigues et de caractères pour poser, sous couvert de fantaisie, des questions tragiques dans un style élégant et subtil.

> FEMME NARSÈS. « Comment cela s'appelle-t-il, quand le jour se lève,
> comme aujourd'hui, et que tout est gâché, que tout est saccagé,
> et que l'air pourtant se respire, et qu'on a tout perdu, que la ville brûle,
> que les innocents s'entre-tuent, mais que les coupables agonisent,
> dans un coin du jour qui se lève ? »
> LE MENDIANT. « Cela a un très beau nom, Femme Narsès,
> cela s'appelle l'aurore. »
>
> *Électre* (© Gallimard)

Dans *La guerre de Troie n'aura pas lieu* (1935), le sujet homérique n'est qu'un prétexte à commenter l'inquiétante montée du fascisme durant les années 1930. L'opposition entre le couple éclatant de jeunesse – Andromaque et Hector – et l'absurdité sartrienne du dénouement, apparemment gratuit, produit un choc.

> Si le droit n'est pas l'armurier des innocents, à quoi sert-il ? (© Grasset)

Jean Anouilh (1910-1987)

• *L'Hermine* (1932), *La Sauvage* (1934), qui opposent de jeunes idéalistes au cœur pur à leurs aînés, plus compromis.
• *Le Voyageur sans bagages* (1937), histoire d'un amnésique à la recherche

de ses origines qui fait partie des « pièces noires » d'Anouilh, où transparaît son pessimisme quant à la condition humaine.

• *Antigone* (1944) : voir le théâtre engagé, p. 80.

Henry de Montherlant (1895-1972)

• *La Reine morte* (1942), *Le Maître de Santiago* (1947), théâtre néoclassique mettant en scène des personnages solitaires et souffrants. Devant l'impossibilité de concilier bonheur terrestre et salut de l'âme, ils se tournent vers une morale du renoncement.

• *La Ville dont le prince est un enfant* (1951) où, dans un collège catholique, deux élèves et un abbé éprouvent les uns pour les autres une très forte attirance, mélange d'amitié, de tendresse, de charité, mais aussi de désir…

L'autre scène : poétique, onirique, violente

Jean Cocteau (1889-1963)

• *Les Mariés de la tour Eiffel* (ballet, 1924), *Orphée* (1927), *La Voix humaine* (1930), *La Machine infernale* (1934), *Les Parents terribles* (1938), où la reprise de mythes grecs autorise davantage de licence poétique et permet d'exprimer des préoccupations politiques. Dans *La Voix humaine*, le téléphone est un des personnages.

Roger Vitrac (1899-1952)

• *Les Mystères de l'amour* (1927), *Victor ou les Enfants au pouvoir* (1928), théâtre subversif ouvert sur le rêve. *Les Mystères de l'amour* sont un drame surréaliste. Dans *Victor*, Vitrac cherche à mettre à nu la réalité et le fonctionnement de l'inconscient par un langage poé-

Orphée. Gustave Moreau, 1965, musée d'Orsay, Paris.

tique qui échappe à tout contrôle, avec une mise en scène signée Artaud*.

Scène de comédie, ou *Un Scapin*. Honoré Daumier,
1862-1865, musée d'Orsay, Paris.

Antonin Artaud (1896-1948)

• *Les Cenci* (1935), quête d'absolu
et de sincérité.

• *Le Théâtre et son double* (1938),
essai où Artaud remet en question l'art
théâtral, qui s'est coupé de la vraie vie
par son langage trop policé, sa volonté
de divertir et sa recherche de profit.
S'inspirant du théâtre balinais, il veut
réhabiliter la mise en scène et le jeu scé-
nique, pour agresser le spectateur et
libérer ses instincts primitifs et sa
cruauté latente. Le théâtre ainsi libéré
retrouvera sa dimension magique et
métaphysique originelle. Cette théorie
exercera une influence durable sur tout
le théâtre de la seconde moitié du siècle.

Le Théâtre de la Cruauté a été créé pour ramener au théâtre la notion de vie
passionnée et convulsive ; et c'est dans ce sens de rigueur violente, condensation
extrême des éléments scéniques qu'il faut entendre la cruauté sur laquelle il veut
s'appuyer. [...] Il compte ne pas abandonner au cinéma le soin de dégager les
Mythes de l'homme et de la vie moderne. Mais il le fera d'une manière qui lui
soit propre, c'est-à-dire par opposition avec le glissement économique, utilitaire
et technique du monde ; il remettra à la mode les grandes préoccupations et les
grandes passions essentielles que le théâtre moderne a recouvertes sous le vernis
de l'homme faussement civilisé. (© Gallimard)

De la Reconstruction à Mai 68

À la fin de cette guerre, on est bien loin de l'euphorie des Années folles. La France reste marquée par la défaite de 1940 et les années d'Occupation. Les images de *Nuit et brouillard* et les explosions de la bombe atomique mettent à mal la croyance en l'homme. Si des intellectuels sont morts au combat ou en déportation, certains ont collaboré, et d'autres se sont exilés.

Le public attend désormais de l'écrivain bien plus que de la littérature : une morale, une politique, une philosophie. Il s'agit de reconstruire un ordre de valeurs. Ainsi Albert Camus, rédacteur en chef du journal *Combat*, éprouve le désir de participer à l'histoire. Son roman *La Peste* relève de cet effort pour créer un mythe collectif : une lutte commune contre le mal à l'œuvre dans l'histoire. Sartre, de son côté, tend à concilier action politique et création littéraire. Aragon et d'autres épouseront la cause communiste. La littérature s'engage.

La littérature engagée

Les romans de la Résistance

Voir aussi p. 70-71 les poètes de la Résistance et p. 79-81 le théâtre engagé.

Vercors (1902-1991)
• *Le Silence de la mer* (1942), qui narre la cohabitation forcée entre une famille française et un officier allemand, tous marqués par la guerre et ses atrocités. Ce roman est un plaidoyer contre la haine et un appel à la fraternité.

Elsa Triolet (1896-1970)

• *Les Amants d'Avignon* (1943), paru clandestinement, qui retranscrit de façon directe l'expérience de la Résistance qu'elle vécut avec son compagnon Aragon*.

• *Le Cheval blanc* (1943), où seul l'amour est capable de donner un sens à des destins individuels qui se déchirent dans l'Histoire.

Joseph Kessel (1896-1971)

• *L'Armée des ombres* (1943), hommage à la Résistance écrit à Londres et publié à Alger. Kessel est aussi l'auteur du *Chant des partisans*, hymne de la Résistance, avec son neveu Maurice Druon*.

> Ami, entends-tu le vol noir des corbeaux sur nos plaines ?
> Ami, entends-tu les cris sourds du pays qu'on enchaîne ? (© Olivier Orban)

De l'absurde à l'engagement humaniste

Albert Camus (1913-1960, prix Nobel 1957)

Écrivain engagé, Camus participe activement à la Résistance, dénonce les excès de la colonisation, lutte contre le franquisme, le communisme, la guerre d'Algérie…

La Ronde des prisonniers. Vincent Van Gogh, 1890, musée Pouchkine, Moscou.

Athée, Camus tire trois conséquences de l'absurdité de l'existence : la révolte, la liberté et la passion (de la vie). L'homme sans Dieu a le devoir d'être heureux et d'être solidaire des autres hommes. Le personnage mythologique de Sisyphe, condamné par les dieux à pousser un roc au sommet d'une montagne, à le voir rouler en bas et à recommencer pour l'éternité, incarne pour Camus la condition humaine.

> La lutte elle-même vers les sommets suffit à remplir un cœur d'homme. Il faut imaginer Sisyphe heureux.

Le Mythe de Sisyphe, 1942 (© Gallimard)

• *L'Étranger* (1942), qui met en scène un personnage présent au monde, mais étranger aux autres. Sur une plage, Meursault tue un Arabe, sans motif apparent : l'absurde des actes répond à l'absurdité de la vie. Durant le procès, il prend conscience de son étrangeté : il n'éprouve pas ce qu'on attend de lui. Cependant il refuse de jouer le rôle du coupable : il affirme son style de vie par la révolte.

> Aujourd'hui, maman est morte. Ou peut-être hier, je ne sais pas.
>
> Incipit (© Gallimard)

• *La Peste* (1947), où la ville d'Oran, confrontée aux ravages de l'épidémie, est placée en quarantaine pendant plusieurs mois. Contre la peste (l'occupation allemande, ou autre calamité), les hommes peuvent adopter différentes attitudes ; ils ne sont pas entièrement impuissants.

> Pour ceux de nos concitoyens qui risquaient alors leur vie, ils avaient à décider si, oui ou non, ils étaient dans la peste et si, oui ou non, il fallait lutter contre elle. (© Gallimard)

• *La Chute* (1956), qui met en scène, dans un bar de Mexico-City, un ancien avocat autoproclamé « juge-pénitent » qui pratique la confession publique.

> Nous ne désirons donc pas nous corriger, ni être améliorés : il faudrait d'abord que nous fussions jugés défaillants. Nous souhaitons seulement être plaints et encouragés dans notre voie. (© Gallimard)

L'Avocat. Honoré Daumier, XIXᵉ siècle, coll. part.

Peu à peu, la confession se transforme en accusation, la pénitence en jugement, et le fardeau de la culpabilité (un jour, par indifférence et par lâcheté, il a laissé une jeune femme se noyer) se fait moins lourd à porter. (Voir aussi le théâtre de Camus p. 80.)

Le roman à thèse

Également : Émile Ajar*, Hervé Bazin*, Bernard Clavel*, Assia Djebar, Joseph Kessel*, Christiane Rochefort*, André Stil

Jean-Paul Sartre (1905-1980, prix Nobel 1964)

Sartre incarne la figure de l'intellectuel engagé, qui utilise son nom pour défendre l'indépendance de l'Algérie, les minorités – femmes, homosexuels –, le communisme, les mouvements étudiants et ouvriers de 1968, etc.

• La trilogie *Les Chemins de la liberté* (1945), composée de *L'Âge de raison*, *Le Sursis* et *La Mort dans l'âme*.

En fait nous sommes une liberté qui choisit mais nous ne choisissons pas d'être libres : nous sommes condamnés à la liberté. (© Gallimard)

• *Les jeux sont faits* (1947), où deux personnages de deux mondes différents se retrouvent unis dans la mort.

On rate toujours sa vie du moment qu'on meurt. (© Gallimard)

Simone de Beauvoir (1908-1986)

• *Le Sang des autres* (1945), histoire d'amour pendant la Seconde Guerre mondiale doublée d'une réflexion sur la responsabilité et les implications de l'engagement politique.

• *Les Mandarins* (1954), qui évoquent la société intellectuelle parisienne de l'après-guerre.

Pour parler de soi, il faut parler de tout le reste. (© Gallimard)

(Voir aussi sa trilogie autobiographique p. 68.)

Louis Aragon (1897-1982)

• *Les Communistes* (6 vol., 1949-1951), sur son engagement et ses doutes de militant.

Roger Vailland (1907-1965)

• *Bon pied bon œil* (1950), où Rodrigue, militant emprisonné pour atteinte à la sûreté de l'État, en profite pour étudier l'histoire, se reposer et tomber amoureux de son avocate. Sa femme Antoinette, à l'inverse, est une âme fière et héroïque sur laquelle le sort s'acharne…

• *Un jeune homme seul* (1951), histoire d'un bourgeois qui rompt avec son milieu social pour participer à une épopée guerrière librement choisie.

• *La Loi* (1957), qui analyse les différentes classes composant la société d'une région du sud de l'Italie et la façon dont elles luttent les unes contre les autres pour le pouvoir.

Gilbert Cesbron (1913-1979)

• *Notre prison est un royaume* (1948), sur l'amitié entre quatre adolescents.et leur confrontation à la mort de l'un d'eux.

« Est-ce que j'existe ? » (© Robert Laffont)

• *Les saints vont en enfer* (1952), sur les prêtres-ouvriers.

• *Chiens perdus sans collier* (1954), sur la jeunesse délinquante.

• *Il est plus tard que tu ne penses* (1958), sur l'euthanasie.

• *Entre chiens et loups* (1962), sur la violence, où Cesbron, chrétien engagé, se montre volontiers moralisateur.

La littérature réaliste

Le roman de témoignage

Également : Francis Ambrière, Raymond Guérin, Joseph Joffo, Philippe Labro*, David Rousset, Claude Roy*, André Schwartz-Bart, Jorge Semprún

Voir aussi les romans de la Résistance p. 47-48.

Romain Gary (1914-1980)

• *Éducation européenne* (1945), réflexion humaniste sur la guerre et la Résistance dans les maquis d'Europe de l'Est.

Les fusillades du 3 mai 1814. Goya, musée du Prado, Madrid.

Jean-Louis Bory (1919-1979)

• *Mon village à l'heure allemande* (1945), qui dénonce les lâchetés des habitants d'une petite ville ordinaire.

Roger Vailland (1907-1965)

• *Drôle de jeu* (1945), sur le quotidien d'un résistant communiste partagé entre ses convictions politiques et son âme de séducteur.

Jean-Louis Curtis (1917-1995)

• *Les Forêts de la nuit* (1947), sur l'Occupation.
• *Les Justes Causes* (1954), chronique de mœurs idéologiques.

Jean Cayrol (1910-2005)

• *Je vivrai l'amour des autres* (1947), où un ancien déporté renaît à la vie.

Robert Antelme (1917-1990)

• *L'Espèce humaine* (1949), sur son expérience personnelle des camps de concentration.

> Militer, ici, c'est lutter raisonnablement contre la mort. (© Gallimard)

Robert Merle (1900-2004)

• *Week-end à Zuydcoote* (1949), sur la catastrophique retraite de Dunkerque en 1940.
• *La mort est mon métier* (1952), inspiré de la vie de Rudolf Höss, commandant du camp d'Auschwitz. Voici un extrait de la préface :

> Tout ce que Rudolf fit, il le fit non par méchanceté, mais au nom de l'impératif catégorique, par fidélité au chef, par soumission à l'ordre, par respect pour l'État. Bref, en homme de devoir : et c'est justement en cela qu'il est monstrueux. (© Gallimard)

Emmanuel Roblès (1914-1995)

• *Les Hauteurs de la ville* (1948), écrit après les massacres de Sétif en Algérie.
• *La Mort en face* (1951), nouvelles sur la Seconde Guerre mondiale.

Le roman de situation

Également : Béatrix Beck, José Cabanis, André Chamson, Mohammed Dib, Réjean Ducharme, Roger Frison-Roche, Philippe Hériat, Jean Reverzy

Marcel Aymé (1902-1967)

• La trilogie *Travelingue* (1941), *Le Chemin des écoliers* (1946) et *Uranus* (1948), étude de mœurs cocasse dans la lignée de Rabelais** et Molière**. Cette fresque sociale fantaisiste et réaliste allant du Front populaire à la Libération met en scène des personnages pittoresques, comme le jeune Milou, boxeur poids mouche protégé par un vieux pédéraste.

Au bistro. Jean Béraud, coll. part.

Roger Peyrefitte (1907-2000)

• *Les Amitiés particulières* (1944), sur les liens homosexuels de jeunes collégiens dans un internat religieux.

Maurice Druon (1918-2009)

• *Les Grandes Familles* (3 vol., 1948-1951), fresque impitoyable des classes dirigeantes des années 1940 et 1950, en particulier des milieux de la finance, de la médecine, des lettres et du journalisme.

Hervé Bazin (1911-1996)

• *Vipère au poing* (1948), récit de la lutte sans merci que livre Jean Rezeau, trop combatif pour être un enfant martyr, à « Folcoche », sa mère.

Merci ma mère! Grâce à vous, je suis celui qui marche, une vipère au poing.
(© Grasset)

• *Lève-toi et marche* (1958), dont l'héroïne, 20 ans, est paralysée mais dotée d'une volonté farouche et fait agir les autres à sa place.

Je suis de ces infirmes qu'afflige une terrible santé. (© Grasset)

Pierre Daninos (1913-2005)

• *Les Carnets du major Thompson* (1954), où le major, britannique jusqu'au bout de la moustache, raconte ses démêlés avec la France et les Français, ce qui permet à Daninos de décrire avec humour les travers de ses compatriotes.

> La France ? Une nation de bourgeois qui se défendent de l'être en attaquant les autres parce qu'ils le sont. (© Plon)

Christiane Rochefort (1917-1998)

• *Les Petits Enfants du siècle* (1961), où la fille aînée d'une famille nombreuse raconte sa vie dans une HLM de banlieue avec un réalisme cru.

> Je suis née des Allocations et d'un jour férié. (© Grasset)

Nicolas Bouvier (1929-1998)

• *L'Usage du monde* (1963), récit de voyage.

> Un voyage se passe de motifs. Il ne tarde pas à prouver qu'il se suffit à lui-même. On croit qu'on va faire un voyage, mais bientôt c'est le voyage qui vous fait, ou vous défait. (© Payot)

Le régionalisme

Également : Jean-Pierre Chabrol, Jean Giono*, Félicien Marceau*, Henri Queffélec

Henri Bosco (1888-1976)

• *L'Enfant et la Rivière* (1945), *Le Mas Théotime* (1945), *Malicroix* (1948), histoires baignées de surnaturel situées dans une Provence austère aux mystères ancestraux, où la terre, les vents, les eaux, le feu ont une vie propre et une influence sauvage, magique sur les êtres vivants…

Un rêve de lavande. Kärsten Kirchner, coll. part.

Marcel Pagnol (1895-1974)

• La tétralogie autobiographique *La Gloire de mon père* (1957), *Le Château de ma mère*

talle ses récits dans un temps suspendu où il décrit avec précision des lieux imaginaires et fantastiques dans lesquels se déploient la tension de l'attente ou la puissance du désir…

Une sirène. Sir Edward Burne-Jones, 1881, coll. part.

Paul Morand (1888-1976)

• *L'Homme pressé* (1941), *Montociel* (1947), *Le Flagellant de Séville* (1951), *Hécate et ses chiens* (1954), *Fermé la nuit* (1957), *Venises* (1971), *Les Écarts amoureux* (1974), romans et nouvelles cosmopolites aux atmosphères envoûtantes et au style éblouissant.

Jean Ray (1887-1964)

• *Malpertuis* (1943), roman fantastique qui repose sur les grands mythes grecs et l'abolition de l'espace et du temps. Le ton est onirique et le suspense, inquiétant…

• *Les Derniers Contes de Canterbury* (1963), recueil de nouvelles fantastiques inspirées de contes moyenâgeux.

Dans une poignée de sable de la route, j'ai mis un rayon de soleil qui brille, un murmure du vent qui se lève, une goutte du ruisseau qui passe et un frisson de mon âme, pour pétrir les choses dont on fait les histoires. (© Marabout)

Boris Vian (1920-1959)

Membre du « Collège de pataphysique » (avec Queneau* et Jarry*) où il se livre à toutes sortes d'expérimentations loufoques, Vian écrit des romans dans une langue inédite où s'expriment son humour grinçant, son goût de la provocation et son imagination délirante. Les mondes qu'il évoque sont différents du nôtre mais cohérents : aucun personnage ne s'en étonne.

• *L'Écume des jours* (1947), où un nénuphar pousse dans les poumons de Chloé et la fait mourir, tandis que la taille de l'appartement de son ami Colin diminue…

L'histoire est entièrement vraie, puisque je l'ai imaginée d'un bout à l'autre. (© Pauvert)

• *L'Automne à Pékin* (1947), où l'action ne se passe ni à Pékin ni en automne…

• *Vercoquin et le plancton* (1947), qui évoque la rencontre entre le Major et la jeune Zizanie sur fond de fête zazou.

• *L'Herbe rouge* (1950), aventures d'un savant inventeur d'une machine à faire revivre le passé.

• *L'Arrache-cœur* (1953), qui met en scène un village où règne la cruauté.

À droite, il y avait une certaine animation et Jacquemort se dirigea de ce côté-là. Il vit en arrivant que c'était seulement la foire aux vieux. (© Pauvert)

Pierre Klossowski (1905-2001)
• *La Vocation suspendue* (1950), *Les Lois de l'hospitalité* (3 vol., 1954-1960), où l'imaginaire règne en maître, porté par une langue archaïque.

André Pieyre de Mandiargues (1909-1991)
• *Soleil des loups* (1951), *Feu de braise* (1959), *Porte dévergondée* (1965), *La Marge* (1967), *Mascarets* (1971), *Sous la lame* (1976), nouvelles fantastiques, oniriques, poétiques, érotiques, mystiques, anachroniques…

Alexandre Vialatte (1901-1971)
• *Les Fruits du Congo* (1951), aventures imaginaires d'un groupe d'adolescents dans un petit village d'Auvergne.

On suit toujours le sens de l'histoire quand on la pousse devant soi. (© Gallimard)

Andrée Chedid (née en 1920)
• *Le Sommeil délivré* (1952), *Le Sixième Jour* (1960), *L'Autre* (1969), *La Maison sans racines* (1985), *L'Enfant multiple* (1989), où Chedid célèbre la vie et sa précarité dans un style fluide et poétique.

Je revenais des autres chaque fois guéri de moi.

Visage premier, 1972 (© Flammarion)

André Dhôtel (1900-1991)
• *Le Pays où l'on n'arrive jamais* (1955), sur le thème de la fugue dans la nature à la poursuite d'une autre réalité, de l'inconnu et de soi-même…

Claude Seignolle (né en 1917)

• *Le Diable en sabots* (1960), *La Nuit des Halles* (1965), *L'Auberge du Larzac* (1967), romans parcourus par le souffle maléfique du Diable, où des familiers prennent brusquement les traits de fantômes de légende...

L'Oulipo : humour et virtuosité

Également : Jacques Bens, François Caradec, Paul Fournel, Jacques Jouet, Jean Lescure, Jacques Roubaud*

Les Huns préparaient des stèques tartares, le Gaulois fumait une Gitane, les Romains dessinaient des grecques, les Sarrasins fauchaient de l'avoine, les Francs cherchaient des sols et les Alains regardaient cinq Ossètes. Les Normands buvaient du calva.

Raymond Queneau, incipit des *Fleurs bleues*, 1965 (© Gallimard)

En 1960, **François Le Lionnais** forme l'OUvroir de LIttérature POtentielle (Oulipo), qui réunit notamment **Queneau** et **Perec**. Partant du principe que les écrivains ont toujours canalisé leur inspiration par des règles précises – rimes, chapitres, etc. –, l'Oulipo se donne pour but de mettre au premier plan la contrainte afin de créer des jeux avec le langage qui engendrent des œuvres originales.

Nature morte. Patrick Henry Bruce, v. 1925, Corcoran Gallery, New York.

Raymond Queneau (1900-1976)

• *Exercices de style* (1947), qui racontent la même scène dans un autobus de 99 façons différentes.

• *Zazie dans le métro* (1959), histoire des rencontres que fait une jeune fille qui n'a pas la langue dans sa poche lors d'une grève du métro. Ce roman à la fois fantaisiste (calembours) et référentiel (citations, allusions, etc.) a été repris au cinéma par Louis Malle.

Doukipudonktan, se demanda Gabriel excédé.

Incipit (© Gallimard)

• *Les Fleurs bleues* (1965), roman d'amour dont les deux protagonistes ne vivent pas à la même époque, histoire entre rêve et réalité, conte psychanalytique, réflexion sur le sens de l'Histoire et de la vie… *Les Fleurs bleues* et *Zazie dans le métro* sont écrits en « **néofrançais** », à partir de déformations, de néologismes et d'onomatopées.

Georges Perec (1936-1982)

• *Les Choses* (1965), sorte d'inventaire dérisoire des objets contemporains avec de nombreuses références intertextuelles et un jeu sur les temps, satire de la société de consommation.

> Entre eux se dressait l'argent. C'était un mur, une espèce de butoir qu'ils venaient heurter à chaque instant. (© Christian Bourgois)

• *La Disparition* (1969), qui constitue l'œuvre emblématique de l'Oulipo : le texte, qui raconte la disparition d'un homme, est soumis à l'interdiction d'utiliser la lettre « e », la plus fréquente en français.

> Un marin nantuckais immortalisait un combat colossal qui, par trois fois, opposait Achab au grand Cachalot blanc, à Moby Dick. (© Denoël)

• *Les Revenentes* (1972), où Perec s'impose au contraire de n'utiliser que la voyelle « e ».

• *La Vie mode d'emploi* (1978), qui conte l'histoire détaillée d'un immeuble et de ses habitants à travers le temps. Les centaines d'anecdotes évoquées sont méticuleusement indexées en fin d'ouvrage, et des milliers d'objets sont décrits avec minutie. Le tout forme un vaste puzzle de romans où Perec, virtuose de l'accumulation parodique, fait montre d'une imagination débridée…

Chambre à coucher à Arles. Van Gogh, 1889, musée Van-Gogh, Amsterdam.

Autour du « nouveau roman »

Des romans psychologiques désenchantés

Françoise Sagan (1935-2004)
• *Bonjour tristesse* (1954), roman d'analyse personnelle typique du « nouveau mal du siècle », véritable hymne à la tristesse, seule valeur qui survive à la perte des valeurs.

> Sur ce sentiment inconnu dont l'ennui, la douceur m'obsèdent,
> j'hésite à apposer le nom, le beau nom grave de tristesse. (© Julliard)

Françoise Mallet-Joris (née en 1930)
• *Les Mensonges* (1956), où le caractère d'Alberte l'emporte sur un monde corrompu par l'argent, incarné par son père, industriel tyrannique.
• *L'Empire céleste* (1958), où à l'inverse le héros se fait le complice de la cruauté du monde, ce qui le conduit à la déchéance.

Paul Guimard (1921-2004)
• *Les Choses de la vie* (1967), qui met en scène les dernières réflexions d'un homme gravement accidenté.

Dans la lignée de Proust, une autre psychologie

Également : Paul Gadenne, Henri Thomas

Dans les années 1950, l'analyse psychologique traditionnelle, avec son accompagnement explicatif, s'efface au profit d'une écriture poétique dégagée du sens. La composition remplace la narration. Par son dépouillement et sa neutralité, cette littérature de la parole semble plus à même de provoquer la réminiscence des souvenirs, des émotions, des pulsions.

Louis-René des Forêts (1918-2000)

• *Les Mendiants* (1943), *Le Bavard* (1946), *La Chambre des enfants* (1960), méditations pudiques sur l'enfance, le silence, le deuil… Des Forêts s'attelle à déjouer les mensonges de la mémoire et du langage par des propos originaux, inventifs et musicaux.

Jean Cayrol (1910-2005)

• *L'Espace d'une nuit* (1954), *Les Corps étrangers* (1959), *Le Froid du soleil* (1964), *Je l'entends encore* (1968), quêtes métaphysiques de l'identité volée dans des univers incertains, sans attaches, labyrinthiques…

Il n'y a ni regard, ni paysage, ni fait divers qui ne recèlent le reste du monde, en toute propriété.

Histoire d'une prairie, 1969 (© Seuil)

Marguerite Duras (1914-1996)

Écrire, c'est aussi ne pas parler.
C'est se taire. Hurler sans bruit.

Écrire, 1993 (© Gallimard)

Le Pont sur le Rhin (Cologne). Ernst Ludwig Kirchner, 1914, Stiftung Preussischer Kulturbesitz staatliche Museen, Berlin.

• *Un barrage contre le Pacifique* (1950), *Le Marin de Gibraltar* (1952), *Les Petits Chevaux de Tarquinia* (1953), centrés sur des femmes dont l'identité est ébranlée par une rencontre amoureuse.

Il n'y a pas de vacances à l'amour, dit-il, ça n'existe pas. L'amour, il faut le vivre complètement, avec son ennui et tout, il n'y a pas de vacances possibles à ça.

Les Petits Chevaux de Tarquinia (© Gallimard)

• *Moderato cantabile* (1958), où Duras affirme son originalité par une écriture dépouillée, elliptique et ambiguë qui explore la mémoire, les sentiments, les pulsions, le mensonge…

• *Le Ravissement de Lol V. Stein* (1964), où les événements et les décors s'effacent devant le dialogue qui traduit, par ses hésitations et ses reprises, l'incertitude foncière des personnages. Il sera suivi du *Vice-consul* (1966) et de *L'Amante anglaise* (1967).

• *Détruire, dit-elle* (1969), où les décalages et allusions sont remplacés par des blancs que le lecteur est invité à compléter par son imagination…

Claude Mauriac (1914-1996)

• *Toutes les femmes sont fatales* (1957), où les souvenirs se chevauchent et se mêlent au présent.

• *Un dîner en ville* (1959), *La marquise sortit à cinq heures* (1961), constitués d'un enchevêtrement de dialogues, de monologues et de conversations.

Le « nouveau roman », exploration de l'inconscient par l'écriture

Également : Claude Ollier, Jean Ricardou

C'est ce qui échappe aux mots que les mots doivent dire.

Nathalie Sarraute (© Gallimard)

Le mouvement du « nouveau roman » est né dans les années 1950 d'une remise en question du roman traditionnel, avec ses personnages, son analyse psychologique, sa chronologie, son intrigue. Le roman devient une exploration de l'inconscient, une écriture dont l'objet est l'acte même d'écrire. Les objets, les obsessions, les souvenirs prennent le premier rôle car le temps et l'espace sont ceux de la conscience. Les personnages, anonymes, n'existent que le temps du récit, à travers leurs paroles. La ponctuation est quasiment absente, le langage est autonome. Les membres du « nouveau roman », tous publiés aux Éditions de Minuit, croient « que n'importe quel fragment de vie, pris au hasard, n'importe quand, contient la totalité du destin et qu'il peut servir à le représenter » (Erich Auerbach). *L'Ère du soupçon* (1956) de Nathalie Sarraute est leur manifeste.

Nathalie Sarraute (1902-1999)

• *Tropismes* (1939), premier « antiroman » de la littérature française.

[Les tropismes] sont des mouvements indéfinissables, qui glissent très rapidement aux limites de notre conscience ; ils sont à l'origine de nos gestes, de nos paroles, des sentiments que nous manifestons, que nous croyons éprouver.

Préface de *L'Ère du soupçon*, 1956 (© Gallimard)

• *Portrait d'un inconnu* (1948), *Le Planétarium* (1959), sur des situations conflictuelles à l'échelle individuelle.

• *Les Fruits d'Or* (1963), sur les remous que suscite la parution d'un roman et le problème de la création artistique.

• *Vous les entendez?* (1972), *Disent les imbéciles* (1976), qui opposent les fils aux pères, représentants de l'orthodoxie.

• *Ici* (1995), qui sape les lieux communs.

(Voir aussi son théâtre p. 84 et son autobiographie p. 92.)

Alain Robbe-Grillet, chef de file du nouveau roman (1922-2008)

Dans les romans de Robbe-Grillet, les objets, omniprésents, sont décrits minutieusement en dehors de tout contexte émotionnel, de la façon la plus objective possible, pour refléter le regard que l'homme pose sur le monde.

• *Les Gommes* (1953), parodie de roman policier et réécriture originale du mythe d'Œdipe.

Tout en haut [du quartier de tomate], un accident à peine visible s'est produit : un coin de pelure, décollé de la chair sur un millimètre ou deux, se soulève imperceptiblement. (© Minuit)

• *Le Voyeur* (1955), qui fit scandale par son sujet même.

• *La Jalousie* (1957), qui reprend le schéma classique du triangle amoureux : une femme, un homme et un narrateur au point de vue insaisissable.

• S'ensuivront *Dans le labyrinthe* (1959), *La Maison de rendez-vous* (1965), *Glissements progressifs du plaisir* (1974), *Le Miroir qui revient* (1985).

Michel Butor (né en 1926)

• *Passage de Milan* (1954), *L'Emploi du temps* (1956), *La Modification* (1957), *Degrés* (1960), *Boomerang* (1979), histoires qui se produisent le plus souvent en un lieu unique et en un temps très bref, au cours duquel c'est la pensée qui voyage dans l'espace et le temps.

La Modification a pour cadre un train qui va de Paris à Rome, lieu propice aux réflexions et au retour sur soi du personnage :

La nouvelle apparition de l'enfant qui dort au fond de nous-mêmes, recouverte par une si épaisse nappe de déceptions et d'oublis, exige attention et silence. *(© Minuit)*

Claude Simon (1913-2005, prix Nobel 1985)

Les Yeux clos. Odilon Redon, 1890, musée d'Orsay, Paris.

• *La Route des Flandres* (1960), *Le Palace* (1962), *Histoire* (1967), *Les Géorgiques* (1981), *L'Acacia* (1989), dont les grands thèmes sont la guerre et l'Histoire. Pour Claude Simon, les notions de temps et d'espace ne peuvent être correctement appréhendées que par la subjectivité de la conscience, qui juxtapose les faits de manière non « réaliste ». *Histoire* est le récit de la rêverie d'un homme qui examine des cartes postales ayant appartenu à sa mère :

[…] un paysage qui semble fait avec des plumes, non pas dessiné mais pour ainsi dire effleuré comme si non pas un crayon ou un pinceau mais des ailes avaient frôlé le carton y laissant des traces délicates floues pervenche pistache antimoine topaze […] *(© Minuit)*

Robert Pinget (1919-1997)

• *L'Inquisitoire* (1962), *Quelqu'un* (1965), *Fable* (1971), *Cette voix* (1975), où les personnages inventent un univers en perpétuelle transformation. L'absurdité du monde est soulignée par des descriptions répétées mais subtilement décalées.

• *Monsieur Songe* (1982), qui aborde avec légèreté et humour le thème de la vieillesse, avec son cortège d'égoïsme, de solitude et d'absences. Monsieur Songe est le double à qui Pinget fait tenir ses carnets.

Les mots sont une vie indépendante de notre raison.
Jouer avec eux nous révèle un monde étrange qui pourtant est le nôtre.
(© Minuit)

L'autobiographie, nouveau genre littéraire

Les écrivains se racontent

Également : Marcel Arland, André Gide*, Charles Juliet*, Henry de Montherlant*, Paul Morand*

Julien Green (1900-1998)

• *Journal* (17 vol., 1938-1996), dans lequel Green livre au jour le jour pendant près de soixante ans ses états d'âme, sa quête de grandeur, de vérité et de spiritualité.

Marcel Jouhandeau (1888-1976)

• *Essai sur moi-même* (1947), autoportrait d'un homme complexe, homosexuel rongé par la culpabilité qui oscille entre le moralisme chrétien et la célébration impudique de la chair.

Michel Leiris (1901-1990)

• *L'Âge d'homme* (1939), *La Règle du jeu* (*Biffures* [1948], *Fourbis* [1955], *Fibrilles* [1966] et *Frêle bruit* [1976]), où cet ethnologue cherche à voir plus clair en lui. *Biffures* est une anti-autobiographie dans laquelle Leiris ne se démasque pas. Dans *La Règle du jeu*, il cherche à définir un « code de savoir-vivre » moral et poétique. Pour y parvenir, il se replonge dans les mots de l'enfance et brasse expériences vécues, rêves, poèmes, jeux, faits historiques, souvenirs…

Qui donc est JE ? (© Gallimard)

Simone de Beauvoir (1908-1986)

• *Mémoires d'une jeune fille rangée* (1958), *La Force de l'âge* (1960), *La Force des choses* (1963), *La Vieillesse* (1970), *La Cérémonie des adieux* (1981), dans lesquels elle conte son parcours : l'enfance dans une famille bourgeoise, l'émancipation, la rencontre de Sartre*, l'existentialisme, la passion de l'écriture, l'engagement féministe, les enseignements de l'âge mûr…

Sans doute les mots, universels, éternels, présence de tous à chacun, sont-ils le seul transcendant que je reconnaisse et qui m'émeuve ; ils vibrent dans ma bouche et par eux je communie avec l'humanité.

La Force des choses (© Gallimard)

François Nourissier (né en 1927)

• *Un petit bourgeois* (1963), *Lettre à mon chien* (1975), *Le Musée de l'Homme* (1978), *Bratislava* (1990), *Roman volé* (1996), *À défaut de génie* (2000), somme autobiographique dans la lignée de *La Règle du jeu* de Leiris*.

Jean-Paul Sartre (1905-1981, prix Nobel 1964)

• *Les Mots* (1964), autobiographie en deux parties – « Lire », « Écrire » – dans laquelle il démystifie sa petite enfance dans une famille bourgeoise et raconte son amour précoce pour les livres :

Pour avoir découvert le monde à travers le langage,
je pris longtemps le langage pour le monde.

(© Gallimard)

La Nuit étoilée. Vincent Van Gogh, 1889, Museum of Modern Art, New York.

𝔖ouffles poétiques

La Résistance

Également : Jean-Louis Bory*, Jean Cayrol*, Louis-René des Forêts*, Luc Estang, André Frénaud*, Eugène Guillevic*, Francis Ponge*

> Il y a l'air prostitué au mensonge, et la Voix
> Souillant jusqu'au secret de l'âme
>
> Pierre Emmanuel, « Les dents serrées », in *L'Honneur des poètes*,
> recueil collectif de poètes résistants, 1944 (© Minuit)

Durant l'Occupation, **Aragon** participe à la Résistance intérieure française et publie des poèmes appelant à la lutte contre l'occupant. En zone libre, la résistance intellectuelle et littéraire s'articule autour de lui, par l'intermédiaire de la *NRF* et du parti communiste.

Louis Aragon (1897-1982)

• *Le Crève-cœur* (1941), *Brocéliande, Le Musée Grévin* (1943), « poésies de contrebande » qui appellent à mots couverts à résister à l'occupant.

> Celui qui croyait au Ciel
> Celui qui n'y croyait pas
> Tous deux adoraient la belle
> Prisonnière des soldats
>
> « La Rose et le Réséda », qui connut nombre d'impressions
> dans diverses publications clandestines. (© Seghers)

Paul Éluard (1895-1952)

• *Poésie et Vérité* (1942), imprimé clandestinement dans la France occupée, qui contient le fameux « Liberté », parachuté par les Anglais dans le maquis, dont voici la célèbre première strophe :

> Sur mes cahiers d'écolier
> Sur mon pupitre et les arbres
> Sur le sable, sur la neige
> J'écris ton nom. (© Minuit)

Robert Desnos (1900-1945)

• *Fortunes* (1942), *État de veille* (1943), *Chantefables et chantefleurs* (posth., 1970), écrits par Desnos avant sa mort en déportation.

Pierre Emmanuel (1916-1984)

• *Jour de colère* (1942), *Combats avec tes défenseurs* (1942), *La liberté guide nos pas* (1945), poèmes visionnaires inspirés par la participation directe d'Emmanuel à la Résistance.

> Ô mes frères dans les prisons vous êtes libres
> Libres les yeux brûlés les membres enchaînés
> Le visage troué les lèvres mutilées
> Vous êtes ces arbres violents et torturés
> Qui croissent plus puissants parce qu'on les émonde

« Hymne de la liberté », in *Jour de colère* (© L'Âge d'homme)

René Char (1907-1988)

• *Les Feuillets d'Hypnos* (1946), dédiés à Albert Camus*, qui relatent l'expérience de Char dans la Résistance.

La négritude

Également : Léon Damas, Édouard Glissant

Aimé Césaire (1913-2008)

• *Cahier d'un retour au pays natal* (prose, 1945), hymne à la culture noire humiliée, par le poète de la négritude.

La Gitane endormie. Henri Rousseau, 1887, Museum of Modern Art, New York.

Léopold Sédar Senghor (1906-2001)

• *Chants d'ombre* (1945), *Hosties noires* (1948), *Éthiopiques* (1956), *L'Élégie des alizés* (1973), où Senghor cherche à fusionner poésie française et culture africaine. Ce fervent militant de la négritude publie également en 1948 une anthologie de littérature négro-africaine préfacée par Sartre*.

> Femme nue, femme noire…
> Vêtue de ta couleur qui est vie, et de ta forme qui est beauté!

Œuvre poétique (© Seuil)

Les poètes de l'amour

Joë Bousquet (1897-1950)
• *Traduit du silence* (1941), *Le Meneur de lune* (1946), où Bousquet explore sa mémoire, son inconscient et exalte l'amour.

> Parce qu'elle était là, parce qu'elle était belle, elle a pris la place de la vie,
> elle a mis mes songes au feu.

Traduit du silence (© Gallimard)

Louis Aragon (1897-1982)
• *Les Yeux d'Elsa* (1942), *La Diane française* (1946), *Le Fou d'Elsa* (1963), dans lesquels Aragon célèbre sa femme, Elsa Triolet*.

> Je suis plein du silence assourdissant d'aimer.

Le Fou d'Elsa (© Gallimard)

Paul Éluard (1895-1952)
• *Poésie ininterrompue* (1946), *Le Dur Désir de durer* (1946), *Le Phénix* (1949), où Éluard oppose son univers léger, pur, lumineux à la solitude, l'incompréhension, l'oppression, la mort. Éluard est le poète de l'amour, de l'amitié et de la solidarité entre les hommes.

Les néosurréalistes

Également : Louis Aragon*, Antonin Artaud*, Paul Éluard*, Jules Supervielle*, Roger Vitrac*

Isidore Isou et le « lettrisme » (1925-2007)
Soutenu par Queneau* et Paulhan, Isou publie son *Introduction à une nouvelle poésie et à une nouvelle musique* en 1947 qui marquera des générations d'artistes. Il dira de ce « manifeste de la poésie lettriste » :

> Que la poésie devienne transmissible n'importe où et qu'elle surpasse
> toute nation et toute limite arbitraire [...]. La poésie lettriste,
> la première vraie internationale. (© Gallimard)

Alain Jouffroy (né en 1928)

• *C'est, partout, ici* (1955-2001), poésie néosurréaliste visant à l'explosion de l'imaginaire et à la transformation de la vie.

> Écrire un poème, c'est se tirer une balle dans les mots.
>
> *Aube à l'Antipode*, 1966 (© Le Soleil Noir)

Une poésie proche des gens

Jacques Prévert (1900-1977)

• *Paroles* (1945), *Histoires* (1946), *Spectacle* (1951), *Fatras* (1966), pour une poésie au quotidien, dans la liberté de penser et de parler. Les poèmes de Prévert ont peu à peu remplacé les fables de La Fontaine** dans les écoles :

> Une pierre
> Deux maisons
> Trois ruines
> Quatre fossoyeurs
> Un jardin
> Des fleurs
> Un raton laveur
>
> « Inventaire » (© Gallimard)

Maisons vues d'en bas. Vincent Van Gogh, coll. part.

Jean Cocteau (1889-1963)

> Je sais que la poésie est indispensable, mais je ne sais pas à quoi.
>
> Discours de réception à l'Académie française

• *Léone* (1945), *La Crucifixion* (1946), *Clair-obscur* (1954), *Requiem* (1962), poésies du quotidien renouvelant le regard porté sur l'environnement prosaïque afin d'éclairer sa beauté propre, son identité. Artiste complet, Cocteau étendit la sphère poétique au dessin, à la danse, au théâtre et à la littérature.

Raymond Queneau (1903-1976)

• *Si tu t'imagines* (1952), hommage à l'« Ode à Cassandre » de Ronsard**.

> Bien placés bien choisis
> quelques mots font une poésie
> les mots il suffit qu'on les aime
> pour écrire un poème
>
> « Un poème » (© Gallimard)

• *Cent mille milliards de poèmes* (1961), qui est composé de 10 sonnets dont chaque alexandrin peut permuter avec un autre situé en même position dans un autre sonnet, soit 1 014 combinaisons possibles.

Désir et satisfaction. Jan Toorop, 1893, musée d'Orsay, Paris.

Georges Perros (1923-1978)

• *Papiers collés* (1960), *Poèmes bleus* (1962), *Une vie ordinaire – roman poème* (1968), récits poétiques au lyrisme pur et maîtrisé qui expriment les sentiments quotidiens.

> Avis. Tant qu'on peut en donner un, mieux vaut s'abstenir.
> La chose est sans importance.
>
> *Papiers collés* (© Gallimard)

Les mystiques

Également : Luc Estang, Charles Le Quintrec*, Marie Noël

Pierre Jean Jouve (1887-1976)

• *Noces* (1931), *Moires* (1962), où se conjuguent exploration de l'inconscient et questionnements mystiques afin d'exorciser le « néant du temps ».

> Rien ne s'accomplira sinon dans une absence.
>
> *Matière céleste*, 1937 (© Gallimard)

Patrice de La Tour du Pin (1911-1975)

• *La Quête de joie* (1933), *Une somme de poésie* (1946), *Psaumes de tous les temps* (1967), recueils caractérisés par un sens aigu du mystère de l'âme.

> Il passe un vent de toute beauté sur l'Enfer.
>
> *Une somme de poésie* (© Gallimard)

Pierre Emmanuel (1916-1984)

• *Babel* (1952), *Jacob* (1970), *Sophia* (1973), *Una ou la Mort de la vie* (1979), *Duel* (1980), qui mêlent mythologies anciennes et collages modernes au sein d'une narration dramatique déchirante de simplicité. Pour Emmanuel, la poésie est le langage sacré qui permet d'atteindre l'Être.

Jean-Claude Renard (1922-2002)

• *Incantation du temps* (1962), *La Terre du sacre* (1966), *La Braise et la Rivière* (1969), *Le Dieu de nuit* (1973), fragments incandescents qui cherchent à réinventer la parole originelle, au lyrisme miné par « ce langage vide qui ne sait pas s'il parle mais doit pourtant sans cesse refuser de se taire ».

> La mort est pure dans l'estuaire
> – Et la transparence habitable.
> Je parle en elle
> La langue du dieu frais.
>
> *Le Dieu de nuit* (© José Corti)

En quête d'absolu

Également : Andrée Chedid*, Jean-Paul de Dadelsen, Roger Kowalski, Olivier Larronde, Bernard Noël*

Le roman prend corps pour ensuite se vêtir. Prenant âme ; la poésie demeure nue.

> Andrée Chedid (© Flammarion)

Saint-John Perse (1887-1975, prix Nobel 1960)

• *Exil* (1942), « poème de l'éternité de l'exil dans la condition humaine ».
• *Vents* (1946), qui reproduit les mouvements de l'esprit en train de créer.
• *Amers* (1957), qui célèbre solennellement le cosmos, l'unité sacrée de l'univers par-delà ses métamorphoses, la beauté cyclique du monde…

André Frénaud (1907-1993)

• *Les Rois mages* (1943), *Il n'y a pas de Paradis* (1962), *Depuis toujours déjà* (1970), *La Sorcière de Rome* (1973), qui s'attachent à la présence charnelle du monde pour dire l'exil de l'être, l'absurdité du Néant.

René Char (1907-1988)

• *Poème pulvérisé* (1947), *Fureur et Mystère* (1948), *À une sérénité crispée* (1951), *La Parole en archipel* (1962), *Aromates chasseurs* (1976), qui privilégient la forme brève, épurée, les phrases ciselées et fulgurantes. Char, poète assez hermétique, se donne pour « mission d'éveiller » à la complexité du réel et de faire entendre « les chants matinaux de la rébellion »…

> Il nous faut une haleine à casser les vitres.
>
> *À une sérénité crispée* (© Gallimard)

Jean Grosjean (1912-2006)

• *Fils de l'homme* (1954), *La Gloire* (1964), *Élégies* (1967), *Le Messie* (1974), méditations profanes sur un Dieu en perdition. Grosjean est le poète du sacré, du détachement et de la simplicité.

> Exister s'exténue comme un hymne.
>
> *Lecture de l'Apocalypse*, 1994 (© Gallimard)

La poésie du chaos

Henri Michaux (1899-1984)

• *Qui je fus* (1927), *Mes propriétés* (1929), *La Nuit remue* (1934), *Voyage en Grande Garabagne* (1936), *La Vie dans les plis* (1949), poésie de l'angoisse et des « espaces du dedans ». Michaux explore le monde de l'imaginaire, déconstruisant la réalité en quête du secret des choses. Dans *Qui je fus*, il se démultiplie en différents « qui-je-fus » qui parlent à tour de rôle, chacun dans son langage.

> Mienne, belle, mienne.
> Nuit
> Nuit de naissance
> Qui m'emplit de mon cri
>
> « Traduction », in *Qui je fus* (© Gallimard)

René Daumal (1908-1944)
• *La Grande Beuverie* (1938), *Le Mont Analogue* (1952), où Daumal prône le dérèglement des sens, la fusion de la poésie, de la religion et de la révolution, et pose l'énigme du centre de gravité de la conscience…

Le parti des choses

Également : Jean Follain

Francis Ponge (1899-1988)
• *Le Parti pris des choses* (1942), *Proêmes* (1948), *La Rage de l'expression* (1952), *Le Grand Recueil* (1961), *Le Savon* (1967), « poèmes-choses » en prose. Lorsque Ponge écrit sur la pluie, le galet, l'huître, l'abricot ou le savon, il investit l'objet et l'interprète, délivrant en son nom un message de vie.

L'amour des mots est en quelque façon nécessaire à la jouissance des choses.

Le Grand Recueil (© Gallimard)

Eugène Guillevic
• *Terraqué* (1942), *Exécutoire* (1947), *Villes et Paroi* (1971), *Étier* (1979), *Possibles Futurs* (1982-1994), *Maintenant* (1986-1992), variations sur des objets, des mots ou des méditations. Dépouillée de tout artifice, sa poésie aux vers courts cherche à maîtriser l'inquiétante étrangeté des choses.

L'« école de Rochefort »

Également : Marcel Béalu, Jean Bouhier, Eugène Guillevic*, Jean Rousselot

Fondée après-guerre à Rochefort-sur-Loire par **Jean Bouhier** et **René-Guy Cadou**, l'« école de Rochefort » – le mot d'*école* étant utilisé par dérision – se définit par opposition au surréalisme (voir p. 39-42) et aux excès de la poésie politique des années 1950 : on quitte Paris, les académismes, et on revient à l'expérience individuelle et à la nature, à la présence au monde, à un bonheur fragile.

René-Guy Cadou (1920-1951)
• *Les Biens de ce monde* (1951), qui évoquent avec ferveur la nature, l'amitié, l'amour, la mort, au sein d'un univers tendre et doux.

Luc Bérimont (1915-1983)
• *Sur la terre qui est au ciel* (1947), *Les mots ferment la nuit* (1951), *L'Herbe à tonnerre* (1958), poésie gonflée de sève et d'images, inspirée des émerveillements de l'enfance.

Autour de *L'Éphémère*

Également : Jean Follain, Lorand Gaspar

Dans les années 1950 et 1960, **Dupin**, **Bonnefoy**, **Du Bouchet** et **Jac-cottet** forment un groupe autour de la revue *L'Éphémère*.

André du Bouchet (1924-2001)
• *Air* (1951), *Dans la chaleur vacante* (1961), *Où le soleil* (1968), *Qui n'est pas tourné vers nous* (1972), *Hölderlin aujourd'hui* (1978), *Rapides* (1980), poésies de « la parole espacée ». Dans la lignée de Reverdy*, Du Bouchet éclate le langage en fragments discontinus pour faire apparaître des silences qui ont autant de sens que les mots. La mise en pages les met en valeur par des zones blanches.

> En pleine terre
> les portes labourées portant air et fruits
> ressac
> blé d'orage
> sec
> le moyeu brûle
> je dois lutter contre mon propre bruit

« En pleine terre », in *Dans la chaleur vacante* (© Mercure de France)

Yves Bonnefoy (né en 1923)
• *Du mouvement et de l'immobilité de Douve* (1953), *Hier, régnant désert* (1957), *Pierre écrite* (1965), *Dans le leurre du seuil* (1975), *Ce qui fut sans lumière* (1985), qui célèbrent la présence au monde et la simplicité par un ton grave, chargé de symboles, plein de ferveur et de plénitude.

Philippe Jaccottet (né en 1925)
• *L'Effraie* (1953), *Airs* (1967), *Chants d'en bas* (1974), *Pensées sous les nuages* (1983), poésies de la simplicité, de l'effacement, de l'ouverture au mystère des choses, à la nuit, la mort…

Jacques Dupin (né en 1927)
• *Gravir* (1963), *L'Embrasure* (1969), *Dehors* (1975), *Une apparence de soupirail* (1982), *Chansons troglodytes* (1989), *Rien encore, tout déjà* (1991), poésies abruptes et fragmentaires, explorations des apparences.

Le théâtre : du militantisme à l'absurde

Après le théâtre engagé durant l'Occupation, les années 1950 donnent lieu à une révolution dramatique : dans la lignée de Jarry* ou de Cocteau*, l'esthétique et le langage sont remis en question. L'absurde gagne progressivement les intrigues, les situations et les personnages… Grâce à des metteurs en scène comme Roger Blin, Jean-Marie Serreau, Jean Vilar ou Jean-Louis Barrault, qui imposent l'avant-garde, grâce aussi à la multiplication des lieux de spectacle en province et au dynamisme du Festival d'Avignon, le théâtre élargit son audience.

Le théâtre engagé

Également : Jean Cocteau*, Félicien Marceau*, André Roussin

Henry Bernstein (1876-1953)
• *Elvire* (1939) où, à la fin de l'été 1939, les Parisiens feignent

La Charge. Félix Vallotton, 1893.

d'ignorer que les nazis sont entrés à Vienne et à Prague. Mais l'irruption d'une comtesse autrichienne chassée par l'Anschluss oblige la frivole société mondaine parisienne à constater que la barbarie sévit déjà à l'Est.

Jean-Paul Sartre (1905-1981, prix Nobel 1964)

• *Les Mouches* (1943), où Sartre renouvelle le mythe d'Électre : le meurtre est justifié contre l'abus de pouvoir et la tyrannie, et Oreste devient le symbole de la liberté et de la Résistance.

• *Huis clos* (1944), qui met en scène trois morts, condamnés pour l'éternité à être réunis et à se parler. Chacun passe en revue et critique la vie des autres. L'enfer, c'est l'obligation de voir sa vie jugée par les autres sans pouvoir la modifier.

> Pas besoin de gril, l'enfer, c'est les Autres. (© Gallimard)

• *Les Mains sales* (1948), qui abordent la question des moyens pouvant justifier la fin en politique.

• *Le Diable et le Bon Dieu* (1951), où Sartre oppose l'efficacité de l'action à la vanité de la morale.

> Quand Dieu se tait, on peut lui faire dire ce que l'on veut. (© Gallimard)

Albert Camus (1913-1960, prix Nobel 1957)

• *Caligula* (1944), qui montre que la liberté ne doit pas aboutir au nihilisme.

• *Les Justes* (1950), centré sur un groupe de révolutionnaires bolcheviques.

> D'autres viendront peut-être qui s'autoriseront de nous pour tuer
> et qui ne paieront pas de leur vie. (© Gallimard)

Jean Anouilh (1910-1987)

• *Antigone* (1944), qui dépeint avec une dérision sarcastique le combat tragique que se livrent l'idéalisme et la compromission. Le mythe grec d'Antigone permet à Anouilh d'aborder, en pleine Occupation, le thème de la résistance à l'oppresseur. Le ton est donné dès le prologue :

> Mais il n'y a rien à faire. Elle s'appelle Antigone et il va falloir
> qu'elle joue son rôle jusqu'au bout... (© La Table Ronde)

Jean Genet (1910-1986)

• *Les Bonnes* (1947), *Le Balcon* (1956), *Les Nègres* (1958), *Les Paravents* (1961), théâtre très subversif prônant la transgression des valeurs morales et sociales. La marginalité et les engagements politiques sont revendiqués à travers un lyrisme audacieux et des cérémonials somptueux. La pièce *Les Paravents*, sur l'Algérie et les militaires, déclenche de telles polémiques que Malraux* doit intervenir en sa faveur au nom de la liberté d'expression…

Marcel Aymé (1902-1967)

• *Clérambard* (1950), *La Tête des autres* (1952), comédies poétiques irrespectueuses de l'ordre établi.

Fernando Arrabal (né en 1932)

• *Le Cimetière des voitures* (1957), *Le Grand Cérémonial* (1965), *Le Jardin des délices* (1967), pièces caractérisées par le sentiment de révolte et le goût de la profanation.

Aimé Césaire (1913-2008)

• *La Tragédie du roi Christophe* (1963), *Une saison au Congo* (1966), tragédies lyriques évoquant les drames de la colonisation et de la décolonisation.

Les mots en jeu

Dynamism of a Man's Head. Umberto Boccioni, 1914, Palazzo Reale, Milan.

Également : Françoise Sagan*, Georges Schéhadé, Romain Weingarten

Jacques Audiberti (1899-1965)

• *Le mal court* (1947), *Le Cavalier seul* (1955), *La Fourmi dans le corps* (1962), dont l'écriture débridée mêle langage châtié et vulgaire au sein d'intrigues irréalistes, avec comme arrière-fond la méchanceté des hommes.

Jean Tardieu (1903-1995)

• *La Comédie du langage* (1951), *Monsieur monsieur* (1951), *Les Amants du métro* (1952), *Le Guichet* (1955), comédies du langage poétiques et musicales. En maître de la fantaisie absurde, Tardieu parle avec une candeur ironique de la perte de l'identité, du basculement dans l'irréel, de la solitude et de la difficulté à communiquer.

> « Eh bien ma quille, pourquoi serpez-vous là ?
> *(geste de congédiement)* Vous pouvez vidanger. »

« Un mot pour un autre », in *La Comédie du langage* (© Gallimard)

François Billetdoux (1927-1991)

• *Tchin-tchin* (1959), *Va donc chez Törpe* (1961), *Comment va le monde, môssieu ? Il tourne, môssieu !* (1964), *La Nostalgie, camarade* (1974), *Réveille-toi Philadelphie* (1988), théâtre charnel aux dialogues poétiques qui décrit le monde avec un humour féroce teinté de burlesque.

René de Obaldia (né en 1918)

• *Génousie* (1960), *Sept impromptus à loisir* (1961), *Le Général inconnu* (1964), *Du vent dans les branches de sassafras* (1965), *La Baby-sitter* (1971), *Monsieur Klebs et Rosalie* (1975), *Les Bons Bourgeois* (1980), pièces profondément originales où, dans un cadre contemporain et sur des sujets modernes, Obaldia joue avec la langue pour en décomposer les saveurs.

Le théâtre de l'absurde

Également : Claude Mauriac*, Robert Pinget*, Jean Vauthier

> — Quelle heure est-il ?
> — La même que d'habitude.
> — Tu as regardé ?
> — Oui.
> — Et alors ?
> — Zéro.

Samuel Beckett, *Fin de partie* (© Minuit)

Sisyphe. Franz von Stuck, 1920, coll. part.

Dans les années 1950, le drame est renouvelé par trois maîtres de la dérision subversive : **Adamov, Ionesco** et **Beckett**. Ce théâtre « de l'absurde » n'aboutit pas à un engagement, comme chez Sartre* et Camus* : le désespoir des personnages et le tragique des situations paraissent sans fin. Les obsessions des personnages transparaissent dans des monologues confus et des dialogues absurdes où le langage est constamment remis en cause. La mise en scène est réduite à quelques objets emblématiques, à un décor saugrenu.

> Le comique étant l'intuition de l'absurde, il me semble plus désespérant que le tragique. Le comique n'offre pas d'issue.

Eugène Ionesco, *Notes et contre-notes*, 1962 (© Gallimard)

Arthur Adamov (1908-1970)

• *L'Invasion* (1949), *La Parodie* (1950), *Tous contre tous* (1953), *Comme nous avons été* (1953), *Le Ping-pong* (1955), *Paolo-Paoli* (1957), *Off limits* (1969), pièces violentes et déchirées qui reflètent l'inquiétude psychologique et spirituelle d'une génération dévastée par la guerre. Adamov tente désespérément de sortir de l'Absurde par la lutte sociale. À partir du *Ping-pong*, son théâtre devient plus réaliste et plus cruel encore…

Eugène Ionesco (1909-1994)

• *La Cantatrice chauve* (1950), « antipièce », farce tragique dépourvue d'intrigue et d'action dans laquelle le langage finit par devenir le personnage principal. Les dialogues mettent en valeur l'inanité de la communication entre des êtres qui ne s'écoutent pas, qui parlent mais ne disent rien. Les répliques sont des lieux communs, des formes banales qui se succèdent avec une prétendue logique.

> Prenez un cercle, caressez-le, il deviendra vicieux. (© Minuit)

• *La Leçon* (1951), où une leçon particulière de mathématiques tourne mal.
• *Les Chaises* (1952), où des chaises, censées accueillir un public venu écouter deux « vieux » désirant leur délivrer un message avant leur mort, restent vides tandis que les orateurs demeurent incapables de formuler leur discours.
• *Rhinocéros* (1959), où une épidémie métamorphose des villageois coupables d'égoïsme, de violence, de vanité, d'hypocrisie, d'ambition, de discours vides en rhinocéros – métaphore du fascisme des années 1930.
• *Le roi se meurt* (1962), « essai de l'apprentissage de la mort ».

> « Pourquoi suis-je né, si ce n'était pas pour toujours ? » (© Minuit)

• *Jeux de massacre* (1970), où l'auteur examine nos comportements face à la maladie et à la mort.

Samuel Beckett (1906-1989, prix Nobel 1969)

• *En attendant Godot* (1952), où deux clochards, Vladimir et Estragon, attendent Godot (*God*?), qui incarne tous leurs espoirs. Celui-ci n'arrivant pas, ils se mettent à parler, pour combler le vide de l'attente chaque jour recommencée – parabole de la condition humaine…

• *Fin de partie* (1957), où Beckett explore la dégénérescence humaine en confrontant Hamm, un aveugle paralysé, Clov, son fils adoptif et serviteur, puis les parents de Hamm, qui sont dans des poubelles. Leurs gestes et leurs paroles sont dérisoires et n'ont finalement pas d'autre but que d'empêcher le silence, de repousser la fin. La pièce s'ouvre sur ces mots de Clov :

« Fini, c'est fini, ça va finir, ça va peut-être finir. » (© Minuit)

• *Oh les beaux jours* (1963), où le langage se raréfie et les personnages s'enlisent au sens propre…

Nathalie Sarraute (1902-1999)

• *Le Silence* (1963), qui essaie de construire un dialogue autour d'un silence pesant.

• *Le Mensonge* (1966), aux lapsus révélateurs…

• *Pour un oui ou pour un non* (1982), recherche sur le ressenti et sa manière de s'exprimer dans l'intonation…

« C'est bien, *ça*. » (© Gallimard)

Marguerite Duras (1914-1996)

• *Le Square* (1965), où une jeune domestique et un marchand lient conversation dans un square. Ils se parlent avec précaution, pour ne pas se blesser, attentifs à l'essentiel.

• *L'Amante anglaise* (1968), qui présente un interrogatoire mi-policier, mi-psychiatrique…

• *Des journées entières dans les arbres* (1968), où une mère revient des colonies pour revoir son fils.

• *India Song* (1973), « texte théâtre film » d'après le *Vice-consul* (voir p. 64) qui met en scène deux voix, deux consciences évoquant leurs souvenirs…

La fin de siècle

À la suite des expériences surréalistes et du mouvement du nouveau roman (voir p. 39-42 et 65-67), qui laissent s'exprimer l'inconscient, les romans de la fin du siècle nient toute opposition entre analyse psychologique et étude de mœurs. Ils ne se contentent pas d'interroger l'individu, mais aussi le tissu social dans toute sa complexité.

L'invasion de la psychanalyse

L'analyse de soi ou du couple

Également : André Fraigneau, Dan Franck, Anne Hébert, Nancy Huston, Françoise Mallet-Joris*, Hélène de Monferrand, Pierre Péju, Bernard Pingaud, Françoise Sagan*, Leïla Sebbar

Auguste Rodin, *Le Penseur*, 1880-1906, musée Rodin, Paris.

Paul Guimard (1921-2004)
• *Le Mauvais Temps* (1976), où un homme au seuil de sa vie réfléchit à sa double personnalité, celui qu'il aimerait être et celui qu'il est devenu :

C'est l'heure que je déteste entre toutes. Chaque matin je cherche mon image dans la glace et je ne vois que le reflet d'un autre. Nous avons un vague air de famille, cela est certain, cet important personnage pourrait être mon oncle, mais où suis-je ? (© Denoël)

Albert Cohen (1895-1981)
• *Belle du Seigneur* (1968), chef-d'œuvre du roman de couple, sur l'amour – total, idéalisé, ravageur, désespéré… – et l'hypocrisie sociale.

Un battement de ses paupières, et elle me regarda sans me voir, et ce fut la gloire et le printemps et le soleil et la mer tiède et sa transparence près du rivage et ma jeunesse revenue, et le monde était né. (© Gallimard)

Pascal Lainé (né en 1941)

• *L'Irrésolution* (1971), sur l'après-68 et l'échec de la communication.

• *La Dentellière* (1974), ou l'impossible liaison entre une coiffeuse du Nord, Pomme, et un hobereau normand imbu de son savoir.

• *L'Eau du miroir* (1979), qui met en scène le naufrage d'un couple.

Raphaëlle Billetdoux (née en 1951)

• *Mes nuits sont plus belles que vos jours* (1985), histoire d'une rencontre, dans un café, d'un homme et d'une femme attirés « par une force irrésistible ».

Anne-Marie Garat (née en 1946)

• *Aden* (1992), où un homme au carrefour de sa vie entreprend le voyage en lui-même qu'il avait toujours différé…

• *Merle* (1996), superbe portrait de femme contemporaine.

Alice Ferney (née en 1967)

• *Grâce et dénuement* (1997), évoquant une famille gitane installée sur un terrain privé près d'une grande ville.

• *La Conversation amoureuse* (2000), voyage dans le mystère de l'amour et du désir, où sont mis au jour les infimes mouvements de la conscience.

Les romans de l'Œdipe et de l'enfance

Également : Christine Angot*, François Bon, Jacques Borel, Marie Chaix, Driss Chraïbi, Philippe Delerm*, Annie Ernaux*, Pascal Jardin, Frédéric-Yves Jeannet, Michel Layaz, Guillaume Le Touze, Hubert Mingarelli, Yves Navarre, Marie Nimier, Jean-Marie Rouart, Gaétan Soucy, Olivier Todd, Michel Tournier*, Bertrand Visage

Depuis Mai 68, les romans interrogent souvent les liens familiaux et leurs conséquences sur l'identité. Il s'agit des rapports au père ou à la mère, mais aussi du couple fraternel ou homosexuel.

Patrick Modiano (né en 1945)

• *La Place de l'étoile* (1968), *Les Boulevards de ceinture* (1972), *Lacombe Lucien* (1973), *Livret de famille* (1977), *Rue des boutiques obscures* (1978), romans de la quête du père et de soi, jeux de remémoration souvent allusifs et parodiques où transparaît le charme nostalgique des années 1940.

Robert Sabatier (né en 1923)

• *Les Allumettes suédoises* (1969), ou la vie d'un petit orphelin dans le Montmartre des années 1930 et ses rencontres pittoresques avec les gens du quartier.

Lucien Bodard (1914-1998)

• *Monsieur le consul* (1972), *Le Fils du consul* (1975), *Anne-Marie* (1981), romans autobiographiques dont son père, consul en Chine, est le personnage principal. *Anne-Marie* met en scène sa découverte de « la réalité étriquée de la France grandiose que chantait mon père ».

Angelo Rinaldi (né en 1940)

• *La Maison des Atlantes* (1972), *L'Éducation de l'oubli* (1974), *Les Dames de France* (1977), *La Dernière Fête de l'Empire* (1980), *Les Jardins du consulat* (1984), progressions dans l'inextricable de l'enfance et de l'adolescence en Corse.

C'est ainsi qu'un jour, par hasard, nous nous rappelons tant de visages, tant de choses, mais il n'y a plus personne pour se souvenir de nous, et nous sommes encore vivants.

Dernière phrase de *La Dernière Fête de l'Empire* (© Le Rocher)

Jacques Chessex (né en 1934)

• *L'Ogre* (1973), où la mort du père, tyran familial, est rapportée dans une langue très crue, très charnelle. Va-t-elle libérer ou obséder davantage le narrateur, son fils ?

Les Trois Âges de la femme. Gustav Klimt, 1905, Galerie nationale d'art moderne, Rome.

Dominique Fernandez (né en 1929)

• *Porporino ou les Mystères de Naples* (1974), *L'Étoile rose* (1978), *Dans la main de l'ange* (1982), sur l'homosexualité.

Jacques Lanzmann (1927-2006)

Le Têtard (1976), qui narre l'enfance de ce Poil de Carotte pris dans les tourmentes de la Seconde Guerre mondiale en Auvergne.

Jean-Édern Hallier (1936-1997)
• *Le premier qui dort réveille l'autre* (1977), récit lyrique bouleversant sur la fraternité.

Marie-Thérèse Humbert (née en 1940)
• *À l'autre bout de moi* (1979), chant de haine et d'amour d'une jumelle à sa sœur décédée dans le cadre de l'île Maurice.

Yann Queffélec (né en 1949)
• *Les Noces barbares* (1985), qui se situent dans le registre de la pulsion

Le Berceau. Berthe Morisot, 1873, musée d'Orsay, Paris.

indicible. Ludo, enfant d'un viol, haï par sa mère, déborde d'amour pour elle et attend la vraie rencontre…

Pascal Quignard (né en 1948)
• *Le Salon du Wurtemberg* (1986), *Les Escaliers de Chambord* (1989), où les héros sont pris dans leurs souvenirs, à la recherche de leur enfance et des êtres aimés.

Jean Rouaud (né en 1952)
• *Les Champs d'honneur* (1990), *Des hommes illustres* (1993), *Pour vos cadeaux* (1998), où Rouaud s'attache à faire revivre les membres de sa famille décimée.

Daniel Picouly (né en 1948)
• *Le Champ de personne* (1995), roman tendre et malicieux de l'enfance dans une famille très nombreuse.

Philippe Forest (né en 1962)
• *L'Enfant éternel* (1997), *Toute la nuit* (1999), sur le thème de la perte de l'enfant.

Minimalisme et intimisme

Philippe Besson (né en 1967)
• *Son frère* (2001), *L'Arrière-Saison* (2002), centrés sur les relations et les sentiments des personnages, dans la filiation de Proust*.

Philippe Delerm (né en 1950)
• *La Première Gorgée de bière et autres plaisirs minuscules* (1997), où les petits gestes de la vie quotidienne font réapparaître les sensations de l'enfance et les souvenirs.

Écritures de soi

À la fin des années 1960, l'autobiographie est devenue un véritable genre littéraire. C'est désormais un rite de passage obligé, synonyme de consécration. Elle revêt ou mêle différentes formes : autoportrait, confession, journal intime, lettres, journal de voyage, mémoires historiques, essai romancé, écriture fragmentaire, carnet de notes… Dans l'autobiographie, il y avait un contrat de vérité, que Philippe Lejeune appelle le « pacte autobiographique ». Mais aujourd'hui la séparation d'avec le roman est de plus en plus floue ; l'autobiographie n'exclut plus la fiction, elle se veut même le lieu d'une fiction « authentique » et proclame, avec Rimbaud**, que « je est un autre »…

Les témoins de leur temps

Également : Charles de Gaulle, Georges Simenon, Roger Vailland*, Marguerite Yourcenar*

L'autobiographie peut aller de pair avec un intérêt pour l'Histoire. Elle n'est alors plus nécessairement le récit d'auteurs en fin de vie, et des écrivains plus jeunes en profitent pour témoigner de leur époque. Une multitude de formes conviennent à l'exercice, depuis les mémoires historiques – plus ou moins fidèles à la réalité – jusqu'au montage fragmentaire qui permet d'évoquer à la fois l'individu, sa culture et son temps.

André Malraux (1901-1976)

• *Antimémoires* (1967), où, par la magie du verbe, Malraux réécrit l'histoire de façon à conforter son mythe personnel.

Jean-Louis Bory (1919-1979)

• *Ma moitié d'orange* (1972), autoportrait tonique, plein de fantaisie, d'humour et d'inventions verbales où Bory cherche à rendre compte de ses origines, de son identité et de son destin, et fait part de son angoisse face au vieillissement et à la mort.

François Cavanna (né en 1923)

• *Les Ritals* (1978), *Les Russkoffs* (1979), où Cavanna ressuscite son enfance au sein d'une communauté d'immigrés italiens en banlieue parisienne, ou fait revivre ses souvenirs de guerre en Russie.

L'Événement. Paul Cézanne, 1866, National Gallery of Art, Washington.

Annie Ernaux (née en 1940)

• *La Place* (1984), sur ses parents d'origine modeste.

• *Les Années* (2008), sur son histoire de femme, mais aussi sur l'histoire des hommes et des femmes de France, et sur l'histoire de la seconde moitié du XXᵉ siècle…

Olivier Rolin (né en 1947)

• *Tigre en papier* (2002), où un homme raconte à la fille d'un de ses amis décédé ce que fut leur jeunesse maoïste.

Jean-Paul Dubois (né en 1950)

• *Une vie française* (2004), truculente traversée de la seconde moitié du siècle menée au pas de charge.

De la psychologie aux jeux parodiques

Georges Perec (1936-1982)
• *W ou le souvenir d'enfance* (1975), où Perec juxtapose un récit de son enfance et un roman présenté comme écrit à cette période.
• *Je me souviens* (1978), autobiographie fragmentaire et parodique où il accumule les clichés, ce qui réveille la mémoire collective d'une époque.

Amélie Nothomb (née en 1967)
• *Stupeur et tremblements* (1999), où Amélie, jeune Occidentale, est engagée dans une entreprise japonaise dans laquelle elle ne parvient pas à s'intégrer.

M. Haneda était le supérieur de M. Omachi, qui était le supérieur de M. Saito, qui était le supérieur de Mlle Mori, qui était ma supérieure.

Incipit (© Albin Michel)

• *Métaphysique des tubes* (2000), histoire de la petite Amélie qui, jusqu'à 2 ans et demi, ne parle pas, ne pleure pas, est un tube digestif…

La « nouvelle autobiographie »

Également : Claude Simon*

Quand les écrivains du nouveau roman (voir p. 65-67) se mettent à l'autobiographie, on est très loin de la confession médiatique! Après avoir déconstruit l'intrigue et le personnage, ils portent le soupçon sur la notion de sujet…

Claude Roy (1915-1997)
• *Moi je* (1969), où le narrateur cherche à saisir l'unité de sa personne.

Où est le dernier moi, qui jugera tous les autres, et qui pourra les absoudre, parce qu'enfin délivré d'être sempiternellement un moi? (© Gallimard)

• *Nous* (1972), qui décrit le parcours d'un jeune homme de lettres depuis Maurras jusqu'au communisme et à son exclusion du Parti en 1956.
• *Somme toute* (1972), qui mêle narrations à toutes les personnes, citations, extraits de journaux intimes et poésies afin de laisser entrevoir une personnalité, dans son époque et sa culture.

Claude Mauriac (1914-1996)

• *Le Temps immobile* (10 vol., 1974-1988), montage révolutionnaire d'un journal intime tenu pendant près de soixante ans selon les préceptes du nouveau roman (entrées non chronologiques) et de l'intertextualité (recours à des textes extérieurs). Mauriac interroge ainsi son identité et tente de définir un moi engagé dans l'Histoire et soustrait au temps, ce dernier étant soit suspendu, soit éternisé...

Nathalie Sarraute (1902-1999)

• *Enfance* (1983), magnifique dialogue entre Sarraute et sa conscience.

> Alors, tu vas vraiment faire ça ? « Évoquer tes souvenirs d'enfance »... Comme ces mots te gênent, tu ne les aimes pas.
>
> Incipit (© Gallimard)

Marguerite Duras (1914-1996)

• *L'Amant* (1984), ou la passion impossible entre une adolescente blanche et un Chinois de dix ans de plus qu'elle.

> Il vient vers elle lentement. C'est visible, il est intimidé. Il ne sourit pas tout d'abord. Tout d'abord il lui offre une cigarette. Sa main tremble. Il y a cette différence de race, il n'est pas blanc, il doit la surmonter, c'est pourquoi il tremble. Elle lui dit qu'elle ne fume pas, non merci. Elle ne dit rien d'autre, elle ne lui dit pas laissez-moi tranquille. Alors il a moins peur. (© Minuit)

Alain Robbe-Grillet (1922-2008)

• *Les Romanesques* (3 vol., 1985-1994), fiction autobiographique à la charnière de l'autofiction où Robbe-Grillet mêle son univers fantasmatique et labyrinthique à des éléments présentés comme autobiographiques.

Les stylistes

Pierre Michon (né en 1945)

• *Vies minuscules* (1984), suite de nouvelles ou huit « vies » de personnages côtoyés par le narrateur durant son enfance, rencontrés ou retrouvés plus tard dans sa vie d'errance. La densité et la profondeur de ces textes rappellent Gracq* ou Des Forêts*.

Pierre Bergounioux (né en 1949)

• *Ce pas et le suivant* (1985), *La Bête faramineuse* (1986), *La Maison rose* (1988), *C'était nous* (1989), *L'Orphelin* (1992), *Miette* (1995), *La Mort de Brune* (1996), œuvre autobiographique qui étudie l'inlassable travail du temps sur l'existence et témoigne des fractures nées de la disparition des anciennes structures sociales, particulièrement dans le monde rural.

C'est ce qu'on a surpris, du coin de l'œil, entre deux lits de mousse, un large morceau de drap noirci, pourri que la terre bosselle qui nous somme de partir. […]
Il n'y a plus place pour nous, pour rien, pour personne, ici.

Le Bois du chapitre, 1996 (© Théodore Balmoral)

Œdipe et le Sphinx. Dominique Ingres, 1808, musée du Louvre, Paris.

Charles Juliet (né en 1934)

• *L'Année de l'éveil* (1989), récit romancé, intime et épuré, de son expérience d'enfant de troupe.

Patrick Chamoiseau (né en 1953)

• *Antan d'enfance* (1990), *Chemin d'école* (1994) et *À bout d'enfance* (2005), trilogie autobiographique. Héritier des tournures orales créoles, Chamoiseau s'érige en « marqueur de paroles ».

L'« autofiction », ou fabulation de soi

Également : Michel Braudeau, Michel Del Castillo, Christophe Donner, Marguerite Duras*, Annie Ernaux*, Dany Laferrière, Patrick Modiano*, Éric Nonn, Olivier Rolin*

Serge Doubrovsky invente le mot « autofiction » en 1977 pour décrire son livre *Fils*. Dans l'autofiction, l'auteur est le héros autour de qui tout s'articule et l'histoire, qui repose sur des données réelles, est vraisemblable mais fabulée. Pour ces écrivains, l'autobiographie stricte est impossible car la mémoire transforme les souvenirs. Dans la lignée du psychanalyste Lacan, ils considèrent que la vérité de l'être réside dans son expression.

L'« autofiction » est donc une fiction qui n'en est pas une, une fabulation de soi qui révèle à soi… Le genre est difficile à délimiter puisqu'on ne sait pas quelle est la part d'autobiographie et la part de fiction.

Louis-Ferdinand Céline (1894-1961)

• *D'un château l'autre* (1957), *Nord* (1960), *Rigodon* (posth., 1969), trilogie autobiographique sur fond de Seconde Guerre mondiale en Allemagne.

Egon Schiele, *Autoportrait*, 1910, Historisches Museum der Stadt, Vienne.

François Nourissier (né en 1927)

• *Bleu comme la nuit* (1958), confession diluée à l'intérieur d'un voyage dans la langue française sans véritable contenu, où prime le plaisir du style et de l'instant présent.

Antoine Blondin (1922-1991)

• *Monsieur Jadis ou l'École du soir* (1970), où Blondin annonce dès le départ que des mensonges viendront se mêler à la confession.

Longtemps j'ai cru que je m'appelais Blondin, mon véritable nom est Jadis.

(© La Table Ronde)

Roland Barthes (1915-1980)

• *Roland Barthes par Roland Barthes* (1975), roman fictif du *je*. Le choix d'une écriture fragmentaire – petites notices classées par ordre alphabétique – empêche le sujet de se constituer.

Je ne dis pas : « Je vais me décrire », mais « J'écris un texte, et je l'appelle R.B. » (© Seuil)

Émile Ajar / Romain Gary (1914-1980)

• *Pseudo* (1976), autobiographie d'Émile Ajar dans laquelle il évoque son oncle redoutable, qui est en réalité lui-même : Romain Gary…

Serge Doubrovsky (né en 1928)
• *La Dispersion* (1969), *Fils* (1977), *La Vie l'instant* (1985), *Le Livre brisé* (1989), *L'Après-vivre* (1994), *Laissé pour conte* (1999), où Doubrovsky se révèle le maître du brouillage des pistes et des jeux de langage faisant émerger l'inconscient.

Louis-René des Forêts (1918-2000)
• *Ostinato* (1997), « fragments autobiographiques »…

Aller tout droit jusqu'au but, mais où est le but, quel est-il et, une fois atteint, qu'en espérer ? (© Mercure de France)

Christine Angot (née en 1959)
• *L'Inceste* (1999), où la fin d'une relation homosexuelle réveille des souvenirs enfouis… Le tabou de l'inceste est évoqué crûment dans un style haché, et la confusion délibérée entre l'auteur et le narrateur maintient la tension.
• *Sujet Angot* (2000), journal intime (imaginaire ?) écrit par son mari juste après leur rupture, dans lequel il parle d'elle…

Narcissisme, impudeur, violences et désillusions de la fin de siècle

Également : Christine Angot*, Renaud Camus*, Philippe Djian, Guillaume Dustan, Agota Kristof, Marc-Édouard Nabe, Ann Scott

La crise et le chômage mettent à mal les modèles culturels qui prévalaient – tradition, consommation, hédonisme – et créent un trou noir social. Il en résulte une littérature désabusée, cynique, sexuelle, violente…

À la fin du siècle, certains écrivains voient dans la publication de leur intimité la plus crue le seul moyen de sauver l'irréductible singularité de leur existence…

Georges Bataille (1897-1962)
• *Ma mère* (posth., 1967), où une mère immorale initie à la débauche son fils de 17 ans ; ce dernier découvre l'extase de la perdition et respecte cette mère qui l'entraîne dans la mort…

Annie Ernaux (née en 1940)

• *La Femme gelée* (1981), où une femme qui mène une vie « idéale » sent le froid l'envahir...

• *Passion simple* (1991), où la narratrice détaille sa passion pour un homme marié et sa vaine attente.

> Sans cesse le désir de rompre, pour ne plus être à la merci d'un appel, ne plus souffrir, et aussitôt la représentation de ce que cela supposait à la minute même de la rupture : une suite de jours sans rien attendre. Je préférais continuer à n'importe quel prix. (© Gallimard)

Louis Calaferte (1928-1994)

• *Septentrion* (1984), *Memento mori* (1988), *La Mécanique des femmes* (1992), romans célèbres pour leur noirceur, leur violence et leur crudité pornographique.

Benoît Duteurtre (né en 1960)

• *Sommeil perdu* (1985), où un jeune homme dépressif quitte sa ville natale pour aller vivre à Paris.

Hervé Guibert (1955-1991)

• *À l'ami qui ne m'a pas sauvé la vie* (1990), *Le Protocole compassionnel* (1991), qui narrent l'histoire de son corps aux prises avec l'amour, la maladie – le sida –, la douleur, la mort.

Virginie Despentes (née en 1969)

• *Baise-moi* (1993), qui met en scène l'épopée débauchée et amorale de deux jeunes filles.

• *Les Jolies Choses* (1998), où Pauline prend la place de sa sœur jumelle, qui s'est suicidée...

Michel Houellebecq (né en 1958)

• *Extension du domaine de la lutte* (1994), *Les Particules élémentaires* (1998), *La Possibilité d'une île* (2005), qui dénoncent avec lucidité, violence et ironie la vie quotidienne de l'homme moderne, le non-sens du matérialisme, le déclin et l'absurdité de notre civilisation...

Le libéralisme économique, c'est l'extension du domaine de la lutte, son extension à tous les âges de la vie et à toutes les classes de la société. De même, le libéralisme sexuel, c'est l'extension du domaine de la lutte, son extension à tous les âges de la vie et à toutes les classes de la société.

Extension du domaine de la lutte (© Maurice Nadeau)

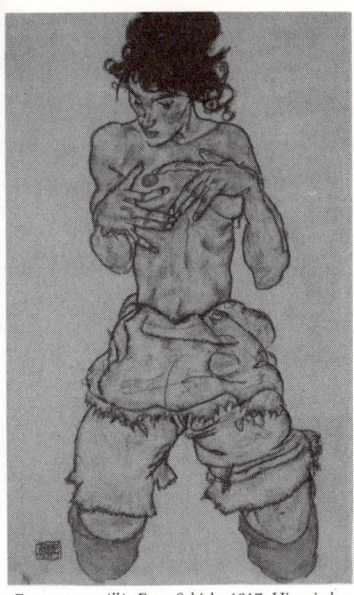

Femme agenouillée. Egon Schiele, 1917, Historisches Museum der Stadt, Vienne.

Vincent Ravalec (né en 1962)

• *Cantique de la racaille* (1994), où un jeune homme, dont la vie est faite de combines, de recels minables, de soirées au bistrot et de fins de mois difficiles, tente de s'en sortir en créant sa société.

Frédéric Beigbeder (né en 1965)

• *Mémoires d'un jeune homme dérangé* (1990), *L'amour dure trois ans* (1997), *Nouvelles sous ecstasy* (1999), par un noctambule hédoniste et critique impertinent.

• *99 francs* (2000), qui conte la descente aux enfers d'un publicitaire dégoûté de la vie qu'il mène dans un monde de manipulation et d'apparences. Octave revient dans *Au secours pardon* (2007)…

Nicolas Rey (né en 1973)

• *Mémoire courte* (2000), qui dépeint les affres sentimentales et l'instabilité des trentenaires de sa génération.

Catherine Millet (née en 1948)

• *La Vie sexuelle de Catherine M.* (2001), où elle narre « sincèrement » ses expériences sexuelles débridées, de manière froide et détaillée.

Je suis entrée dans la vie sexuelle adulte comme, petite fille, je m'engouffrais dans le tunnel du train fantôme, à l'aveugle, pour le plaisir d'être ballottée et saisie au hasard… (© Seuil)

L'appartenance au monde

Le marché du livre encourage le conformisme culturel et une littérature de consommation facile, ce qui se traduit par une abondante production de romans réalistes… d'où émergent de véritables chefs-d'œuvre.

L'analyse de la société

Également : Pierre Assouline, Hervé Bazin*, Pascal Bruckner, Marie Cardinal, Edmonde Charles-Roux, François Cheng, Driss Chraïbi, Maryse Condé, Jacques Godbout, Roger Grenier, Gérard Guégan, Jean-Claude Izzo, Ahmadou Kourouma, Bernard-Henri Lévy*, Michèle Manceaux, Pierre Mertens, Rachid Mimouni, Tierno Monénembo, René-Victor Pilhes, Walter Prévost, Pierre-Jean Rémy*, Serge Rezvani, Maurice Rheims, Didier Van Cauwelaert*, Jean Vautrin*

Milan Kundera (né en 1929)
• *La Plaisanterie* (1967) et *Risibles Amours* (1968), contre le totalitarisme.
• *La Valse aux adieux* (1976) où, dans une ville d'eaux surannée, les personnages se croisent sans jamais se rencontrer vraiment.

Selon vous, qu'est-ce que le plaisir suprême pour l'homme? Vous pouvez essayer de deviner, mais vous vous tromperez, parce que vous n'êtes pas assez sincère. Ce n'est pas un reproche, car la sincérité exige la connaissance de soi et la connaissance de soi est le fruit de l'âge. Le plus grand plaisir c'est d'être admiré. (© Gallimard)

• *Le Livre du rire et de l'oubli* (1979), où Kundera réexamine son passé communiste.
• *L'Insoutenable Légèreté de l'être* (1984), sur la vie des artistes et des intellectuels tchèques lors du printemps de Prague, puis de l'invasion du pays par l'URSS.

Elle voulait leur dire que le communisme, le fascisme, toutes les occupations et toutes les invasions dissimulent un mal plus fondamental et plus universel ; l'image de ce mal, c'était le cortège de gens qui défilent en levant le bras et en criant les mêmes syllabes à l'unisson. (© Gallimard)

• *L'Immortalité* (1990), *La Lenteur* (1995), critiques de la civilisation occidentale.

Didier Decoin (né en 1945)
• *Abraham de Brooklyn* (1972), *John l'Enfer* (1977), sur la naissance et la décadence de la ville de New York vues par un Indien cheyenne, John.

D'être riche, ça vous fait honte? (© Seuil)

Émile Ajar (alias Romain Gary) (1914-1980)

• *La Vie devant soi* (1975), qui conte la vie des Juifs, Arabes et Noirs de Paris par l'intermédiaire d'un petit garçon arabe, Momo, recueilli par une vieille juive, Madame Rosa.

> On était alors sept chez Madame Rosa, dont deux à la journée, que Monsieur Moussa l'éboueur bien connu déposait au moment des ordures à 6 heures du matin.
>
> (© Mercure de France)

L'Artiste (Marcella). Ernst Ludwig Kirchner, 1910, Brücke Museum, Berlin.

Régis Debray (né en 1940)

• *L'Indésirable* (1975), *La neige brûle* (1977), sur les problèmes politiques qui ont suivi les révolutions à Cuba, au Chili et en Colombie.

Alphonse Boudard (1925-2000)

• *Les Combattants du petit bonheur* (1977), qui décrit dans une langue argotique très crue la vie de jeunes garçons l'Occupation.

Jean-Luc Benoziglio (né en 1941)

• *Cabinet-portrait* (1980), ou la vie d'un paumé.

Bernard-Henri Lévy (né en 1948)

• *Le Diable en tête* (1984), où l'on traverse le Paris de l'Occupation, les années 1950 à New York, les années de plomb en Italie, et Mai 68.

Philippe Labro (né en 1936)

• *L'Étudiant étranger* (1986), où un jeune Français découvre l'« American way of life » dans une prestigieuse université à la fin des années 1960.

Pierrette Fleutiaux (née en 1941)

• *Nous sommes éternels* (1990), magnifique histoire d'amour entre un frère et une sœur.

• *Des phrases courtes, ma chérie* (2001), sur une maison de retraite.

On fait avec le vieux parent comme on a fait avec ses enfants. On fait ce qu'on sait faire. On devient tyrannique. (© Actes Sud)

Sébastien Japrisot (né en 1931)
• *Un long dimanche de fiançailles* (1991), qui conte la quête de Mathilde, jeune paralysée, pour retrouver Jean, disparu lors de la Grande Guerre.

Lydie Salvayre (née en 1948)
• *La Compagnie des spectres* (1997), ou comment une vieille femme rendue folle à la suite de l'assassinat de son frère par la milice pro nazie va transmettre révolte, haine et folie à sa fille.

Martin Winckler (né en 1955)
• *La Maladie de Sachs* (1998), sur les tourments d'un médecin désabusé.

Le roman « enraciné »

Également : Calixthe Beyala, Michel Chaillou, Raphaël Confiant, Mouloud Feraoun, Mohammed Khaïr-Eddine, Andreï Makine, Jean Métellus, Émile Ollivier, René-Victor Pilhes, Gisèle Pineau, Michel Ragon, Maurice Rheims, Christian Signol, Jean-Guy Soumy, Jean-Michel Thibaux

Bernard Clavel (né en 1923)
• *Les Colonnes du ciel* (5 vol., 1976-1981), *Le Royaume du Nord* (6 vol., 1983-1989), qui associent enracinement régional et évocation historique.

Claude Michelet (né en 1938)
• *Des grives aux loups* (1979), *Les palombes ne passeront plus* (1980), *L'Appel des engoulevents* (1981) et *La Terre de Vialhe* (1981), saga qui narre la vie d'un village rural et d'une famille sur trois générations, de 1900 à nos jours.

Denis Tillinac (né en 1947)
• *L'Été anglais* (1983), *Maisons de famille* (1987), *La Corrèze et le Zam-*

Biches dans la forêt. Franz Marc, 1914, coll. part.

bèze (1990), où Tillinac, membre (comme Michelet*) de l'« école de Brive », déploie sa plume vive et impertinente.

Qu'est-ce que l'art aujourd'hui ? Un maelström de convulsions individuelles, une braderie de fantasmes orchestrés par la dérision. Jusqu'à quel point devais-je me sentir solidaire de cette liquidation ?

Maisons de famille (© Robert Laffont)

Patrick Chamoiseau (né en 1953)

• *Texaco* (1992), fresque qui présente la vie de trois générations de Martiniquais sur fond de crise et de pauvreté dans un des quartiers de Fort-de-France.

La sève du feuillage ne s'élucide qu'au secret des racines. (© Gallimard)

Richard Millet (né en 1953)

• *Le Chant des adolescentes* (1993), *La Gloire des Pythre* (1995), *L'Amour des trois sœurs Piale* (1997), où Millet défend la pureté de la langue française et construit une fresque corrézienne ancrée dans l'histoire et la nature.

Un livre est toujours, peu ou prou, un amour enterré.

Dévorations, 2006 (© Gallimard)

La spontanéité stylisée

Didier Van Cauwelaert (né en 1960)

• *Poison d'amour* (1984), *Un aller simple* (1994), où l'humour habille une vision critique et un peu désespérée de la société.

Si on se laisse aller au désespoir, on finit mangé par les rêves qu'on a vécus de travers.

Un aller simple (© Albin Michel)

Catherine Cusset (née en 1963)

• *En toute innocence* (1995), *Le Problème avec Jane* (1999), *La Haine de la famille* (2001), *Confessions d'une radine* (2003), chroniques douces-amères des jouissances et souffrances du quotidien.

• *Un brillant avenir* (2008), puzzle virtuose sur plusieurs générations.

La féminité

Également : Marie Cardinal, Assia Djebar, Marguerite Duras*,
Annie Ernaux*, Alice Ferney*, Anne-Marie Garat*, Jeanne
Hyvrard, Julia Kristeva, Annie Leclerc, Violette Leduc, Alice
Rivaz, Danièle Sallenave, Albertine Sarrasin, Monique Wittig

On ne naît pas femme, on le devient.

Simone de Beauvoir, *Le Deuxième Sexe*,
1949 (© Gallimard)

Illustration parue dans le journal *Le Grelot*, 1896.

Dans la lignée de Mme de Staël**
et de George Sand** qui, un siècle
plus tôt, plaidaient pour la libération
sentimentale de la femme et refu-
saient qu'elle gâche sa vie à se plier
aux conventions sociales, Simone de
Beauvoir, avec *Le Deuxième Sexe*
(1949) – la Bible du féminisme –, ou Benoîte Groult, avec *Ainsi soit-elle*
(1975), symbolisent l'engagement pour l'émancipation des femmes.

La lutte féministe privilégie la forme de l'essai, mais elle peut aussi
décrire la condition de la femme et travailler à changer les mentalités par
l'intermédiaire de romans.

Hélène Cixous (née en 1937)
• *Dedans* (1969), *Angst* (1977), dont les grands thèmes sont la fémi-
nité, l'ambivalence sexuelle et le corps comme langage de l'inconscient.

Se vouloir délivrée! Sentir tous ses cris qui ne sont pas poussés. Ses sanglots étranglés.

Dedans (© Des femmes)

Françoise Mallet-Joris (née en 1930)
• *La Maison de papier* (1970), autobiographie fantaisiste où Mallet-
Joris décrit avec tendresse, humour et sagesse la difficulté d'être à la fois
écrivain, mère de famille nombreuse, épouse et ménagère.

Françoise Dorin (née en 1928)
• *Va voir papa! Maman travaille* (1976), réflexion humoristique douce-
amère sur les couples modernes.

Jeanne Cordelier (née en 1944)
• *La Dérobade* (1976), témoignage sur la prostitution.

> Fille de joie. La joie de qui?

Préface de Benoîte Groult (© Phébus)

Benoîte Groult (née en 1920)
• *Les Vaisseaux du cœur* (1988), éloge de la liberté et de la passion, ou comment les entraves sociales et conjugales maintiennent le désir intact...

> Il a fallu cent ans pour effacer les discriminations les plus criantes entre les hommes et les femmes, mais qu'attend-on pour abroger celles qui restent?

Ainsi soit-elle (© Grasset)

La littérature de l'étranger et de l'étrange

L'évasion dans d'autres mondes – exotiques ou poétiques, loufoques ou fantastiques – permet aux écrivains de lever partiellement le soupçon qui pèse sur eux de ne jamais parler que d'eux-mêmes. Par leurs jeux formels et leurs personnages multiples ou brouillés, d'autres auteurs parviennent au même résultat : enfin la part de l'imaginaire dans l'œuvre n'est plus contestable.

Exotisme et évasion

Également : François Augiéras, Tahar Ben Jelloun, Yves Berger, Patrick Carré, Mohammed Dib, Régis Jauffret, Michel Le Bris, Michel Luneau, Amin Maalouf, Marie N'Diaye, Jean-Claude Pirotte, Jean Raspail, Christine de Rivoyre, Eugène Savitzkaya.

Muriel Cerf (née en 1950)
• *L'Antivoyage* (1974), tableau sensuel et affectif d'une Asie toute de couleurs, d'odeurs et de saveurs...

> J'ai vu Devi l'épouse de Çiva laver sa culotte dans les fontaines de Katmandou, Kâli la Noire s'épouiller avec la minutie d'une mère babouin, Radhâ la bergère chiquer le bétel et cracher par terre des jets de salive rouge, les bayadères d'Angkor continuer leur ronde déhanchée à Bangkok le long de Patpong Road et faire le tapin à Klong Toï... (© Mercure de France)

Jacques Lacarrière (1925-2005)

• *L'Été grec* (1976), sur la Grèce d'hier et d'aujourd'hui.

• *Chemin faisant* (1977), sur la randonnée, propice à la méditation.

Gilles Lapouge (né en 1923)

• *Équinoxiales* (1977), dans la lignée des voyages mi-réels, mi-imaginaires d'Henri Michaux*.

• *Besoin de mirages* (1999), où l'on voyage du Sahara à l'Amazonie en passant par l'Islande…

> [Certains hommes] prononcent les mots Samarkand et Ispahan quand ils ont besoin d'une rose. (© Seuil)

Jean-Marie Gustave Le Clézio (né en 1940, prix Nobel 2008)

Dégoûté par le matérialisme occidental, Le Clézio cherche ailleurs une source de pureté et de plénitude, un retour à l'enfance, à la simplicité, à la nature. Sa quête spirituelle est portée par une écriture poétique.

> L'artiste est celui qui nous montre du doigt une parcelle du monde.
>
> *L'Extase matérielle*, 1967 (© Gallimard)

• *Voyage de l'autre côté* (1975), qui témoigne d'une fascination attentive devant les étrangetés du monde extérieur.

• *Désert* (1980), épopée d'une descendante de Touaregs.

• *Le Chercheur d'or* (1985), *La Quarantaine* (1995), romans d'aventures métaphysiques.

• *Étoile errante* (1992), récit de l'errance des peuples juif et palestinien.

Jean-Christophe Rufin (né en 1952)

• *L'Abyssin* (1997), *Rouge Brésil* (2001), *La Salamandre* (2005), romans d'aventures historiques et politiques

Le Rêve. Henri Rousseau, 1910, Metropolitan Museum of Art, New York.

dans la veine de Joseph Kessel* et Henry de Monfreid*.

La transposition mythologique

Également : Sylvie Germain, Henri Gougaud

Henry Bauchau (né en 1947)
• *Œdipe sur la route* (1990), *Diotime et les lions* (1991), *Antigone* (1997), cycle mythologique qui interroge l'individu, son destin, son rapport aux interdits et aux lois…

Michel Tournier (né en 1924)
Tournier transforme des mythes ou des légendes anciennes pour en faire des contes initiatiques et symboliques.
• *Vendredi ou les limbes du Pacifique* (1967), qui réécrit le mythe de Daniel Defoe en y inversant les valeurs : le Robinson de Tournier s'adapte à la vie naturelle et Vendredi, le « sauvage », joue le rôle d'éducateur.

> Gardez-vous de la pureté. C'est le vitriol de l'âme. (© Gallimard)

• *Le Roi des Aulnes* (1970), qui reprend une ancienne légende germanique d'ogre dévoreur d'enfants dans le contexte de l'Allemagne nazie.
• *Gaspard, Melchior et Balthazar* (1980), qui développe le thème biblique des Rois mages.

Loufoqueries et extravagances

Également : Vassilis Alexakis, Philippe Jaenada

Patrick Grainville (né en 1947)
• *Les Flamboyants* (1976), sur l'Afrique, ses couleurs et ses excès.
• *Le Lien* (1996), entre deux êtres, entre deux cultures.

Pierre-Jean Rémy (né en 1937)
• *Une ville immortelle* (1986), sur une ville imaginaire pleine de beautés et d'horreurs où va se perdre le narrateur…

Amélie Nothomb (née en 1967)
• *Hygiène de l'assassin* (1992), où un Prix Nobel de littérature misanthrope et obèse vit reclus. Comme il n'a plus que deux mois à vivre, il accepte enfin de rencontrer des journalistes, dont il va se jouer…

Patrick Besson (né en 1956)
• *Les Braban* (1995), roman baroque foisonnant.

Les vieux regrettent leur jeunesse, disait-il, non parce qu'ils étaient heureux dans leur jeune âge, car les jeunes sont malheureux et ont de bonnes raisons de l'être, mais parce que, pendant leur jeunesse, ils ne pensaient pas à la mort. (© Albin Michel)

Marie Darrieussecq (née en 1969)
• *Truismes* (1996), sur la bestialité qui est en chacun de nous…

Quand les premiers symptômes sont apparus, j'ai dû quitter la parfumerie. Ce n'était pas une histoire de décence ni rien ; c'est juste que tout devenait trop compliqué. (© POL)

La « nouvelle fiction », ou « transfiction »

Également : Jean-Claude Bologne, François Coupry, Hubert Haddad, Jean Levi

Georges-Olivier Châteaureynaud et **Marc Petit** sont les chefs de file de la « nouvelle fiction », mouvement naissant qui prône le retour de l'imaginaire et mêle le merveilleux au réel, le fantastique à l'épique, le mythologique à l'onirique… Les œuvres sont caractérisées par la confusion des genres, entre poésie, roman et nouvelle, et l'exploration de différentes formes d'écriture. **Francis Berthelot** préfère parler de « littérature transfictionnelle » ou « transfiction », à la frontière entre la littérature générale et l'imaginaire (fantastique, merveilleux et science-fiction).

Francis Berthelot (né en 1946)
• *La Ville au fond de l'œil* (1987), *Rivage des intouchables* (1991), romans de « merveilleux noir ».

Georges-Olivier Châteaureynaud (né en 1947)
• *La Faculté des songes* (1982), *Au fond du paradis* (2003), *L'Autre Rive* (2007), au style riche, mêlant récit réaliste, fantastique moderne, roman historique et onirique.

Frédérick Tristan (né en 1931)
• *Les Égarés* (1983), qui s'insèrent dans le concert des cultures universelles.

Le goût des formes brèves

Également : Roland Barthes*, Christian Bobin, Pierre Boulle*, Philippe Delerm*, Roland Dubillard*, Jean-Christophe Duchon-Doris, Jean-Marie Laclavetine, Vincent Ravalec*, Angelo Rinaldi*, Jacques Sternberg*, Gary Victor, Abdourahman A. Waberi

Oiseaux. Franz Marc, 1914, Sindelsdorf, Munich.

Daniel Boulanger (né en 1932)

• *Vessies et lanternes* (1971), *La Barque amicale* (1972), *Fouette cocher!* (1974), *Un arbre dans Babylone* (1979), où des gens auxquels personne ne prête attention se transforment en princes ou en voyous insolites et charmeurs…

Pierrette Fleutiaux (née en 1941)

• *Métamorphoses de la reine* (1985), nouvelles qui s'intéressent aux personnages féminins des contes de fées dont la seule fonction semble être d'enfanter ou de poursuivre de leur haine un être particulier…

Georges-Olivier Châteaureynaud (né en 1947)

• *Le Héros blessé au bras* (1987), nouvelles mêlant poésie en prose, onirisme tendre et réalités atroces.

Marie Desplechin (née en 1959)

• *Trop sensibles* (1997), nouvelles qui traitent avec ironie et profondeur des petits riens du quotidien qui peuvent être fatals.

> « Oui. Je crois. J'ai bien réfléchi et j'en suis certaine maintenant : je suis heureuse. » (© Seuil)

Marc Petit (né en 1961)

• *Histoires à n'en plus finir* (1998), nouvelles « transfictionnelles ».

Anna Gavalda (née en 1970)

• *Je voudrais que quelqu'un m'attende quelque part* (1999), nouvelles qui évoquent malicieusement les espoirs et désespoirs des gens du quotidien.

La mise en question du texte et du langage

En réaction à la littérature introspective ou engagée, certains écrivains choisissent la neutralité. Les jeux formels des années 1960 et 1970 – Oulipo, écriture textuelle et intertextuelle – laissent la place à un retour de la simplicité, de la poésie, de la représentation... et de la lisibilité! La parodie, l'humour sont omniprésents.

Intertextualité, ascétisme et jeu des apparences

Également : Jacques Borel, Bernard Comment, Annie Ernaux*, Patrick Grainville*, Richard Millet*, Patrick Modiano*, Claude Ollier, Erik Orsenna, Rafaël Pividal, Pascal Quignard*, Danièle Sallenave, Jean-Loup Trassard, Bertrand Visage

Dans la filiation du nouveau roman et du structuralisme, **Philippe Sollers** fonde en 1960 la revue *Tel quel* et élabore la théorie de l'écriture textuelle. Il prône une nouvelle lecture de l'œuvre, « réseau littéral à plusieurs dimensions ». La notion d'« intertextualité » est l'héritière de ce formalisme : toute œuvre comporte « des reprises, des parodies, des échos d'autres écritures, de sorte que l'on peut parler, pour la littérature, non plus d'intersubjectivité, mais d'intertextualité » (Barthes). Ces emprunts, qui déconnectent le texte de l'auteur, sont le lieu d'une fiction véritable.

Philippe Sollers (né en 1936)
• *Le Parc* (1961), affilié au nouveau roman.
• *Nombres* (1968) et *Lois* (1972), réflexions sur la problématique du sujet.
• *H* (1973), roman en une seule phrase.
• *Femmes* (1983), galerie de portraits qui embrasse le monde contemporain : érotisme, passion, pouvoir des femmes, crise, terrorisme...

Cariatide. Amedeo Modigliani, 1913, musée d'art moderne de la Ville de Paris.

« Elle a dit "roman", comme elle aurait dit "shit"… Merde… Avec un mépris… »

Jean-Marie Gustave Le Clézio (né en 1940, prix Nobel 2008)

Pour Le Clézio, les merveilles de la ville ont pour corollaires la violence et la solitude, ce qui empêche d'atteindre « l'extase matérielle ». Par son écriture audacieuse, Le Clézio tente d'atteindre le cœur des êtres et des choses :

> La poésie, les romans, les nouvelles sont de singulières antiquités qui ne trompent plus personne, ou presque. Des poèmes, des récits, pour quoi faire ? Il ne reste plus que l'écriture.

Préface de *La Fièvre*, 1965

• *Le Procès-verbal* (1963), dont le héros, Adam Pollo, en quête de la réalité brute de l'existence, sombre dans la folie…

Renaud Camus (né en 1946)

• *Passages* (1975), *Échange* (1976), *Travers* (1978), *Tricks* (1979), *Voyage en France* (1981), ouvrages intertextuels déroutants, aux renvois vertigineux d'un livre à l'autre, d'une note à l'autre, d'un *je* à l'autre…

Emmanuel Carrère (né en 1957)

• *La Moustache* (1986), *La Classe de neige* (1995), *L'Adversaire* (2000), où Carrère interroge l'identité, l'être et le paraître, l'illusion et la réalité…

Raymond Jean (né en 1925)

• *La Lectrice* (1986), histoire d'une lectrice à domicile que ses auditeurs finissent tous par désirer…

Jean d'Ormesson (né en 1925)

• *Presque rien sur presque tout* (1996), fusion de la fiction et de la métaphysique.

Éric Holder (né en 1960)

• *Bienvenue parmi nous* (1998), qui narre les amours impossibles d'un vieux peintre et d'une jeune fille paumée, dans un style épuré et musical.

Désinvolture, ironie et subversion douce

Également : Christian Gailly, Christian Oster

Après le « nouveau roman » des années 1950 (voir p. 65-67), les Éditions de Minuit publient depuis le milieu des années 1980 un nouveau type de roman, désinvolte, léger, lunatique et joueur. L'humour crée une mise à distance qui permet d'évoquer des sujets graves sans pathos. Le réel est déconstruit, les points de vue sont multipliés.

Jean Échenoz (né en 1947)
• *Cherokee* (1983), qui détourne les codes du roman policier.

Suprematist Composition. Kasimir Malevitch, 1915, Fine Arts Museum, Tula.

• *Lac* (1989), *Nous trois* (1992), *Les Grandes Blondes* (1995), regorgeant de trouvailles et d'ironiques subtilités.
• *Je m'en vais* (1995), où Félix Ferrer, galeriste, quitte l'enfer qu'était devenue sa vie de couple et part pour l'Arctique à la recherche d'un trésor.

Personne ne se repose jamais vraiment, on imagine qu'on se repose ou qu'on va se reposer mais c'est juste une petite espérance qu'on a, on sait bien que ça n'existe pas, ce n'est qu'une chose qu'on dit quand on est fatigué. (© Minuit)

Jean-Philippe Toussaint (né en 1957)
• *Monsieur* (1986), *La Réticence* (1991), *La Télévision* (1997), où Toussaint part de la fiction pour aller vers la réalité.
• *Faire l'amour* (2002), où un couple vit sa dernière nuit d'amour.

Éric Chevillard (né en 1964)
• *Mourir m'enrhume* (1987), où M. Théo, 80 ans, reçoit parfois la visite de Lise, jeune complice délicate de son agonie.
• *La Nébuleuse du Crabe* (1993), dont le héros, Crab, possède d'étranges points communs avec la supernova nommée «nébuleuse du Crabe»...

Crab ne garde aucun souvenir de sa propre naissance. Seul le témoignage de sa mère lui permet d'affirmer aujourd'hui qu'il est né effectivement, qu'il est effectivement de ce monde, et bien vivant. Mais les preuves du contraire ne manquent pas non plus... (© Minuit)

L'ennoblissement des littératures de genre

Depuis les années 1970, le roman historique connaît une vogue ininterrompue : tout le passé de la France est dévoré par un public avide d'Histoire et de dépaysement, ce qui suscite une production gigantesque.

Apparue au début du siècle, la « paralittérature » a énormément évolué depuis 1968 : renouvellement du roman policier, explosion de la science-fiction et de la bande dessinée, devenues de véritables contre-cultures. D'une manière générale, tous les genres s'interpénètrent de plus en plus et ont tendance à fusionner avec la littérature classique.

Le roman historique

Également : Eliette Abecassis, Jacques Almira, Michel Chaillou, Bernard Clavel*, Maryse Condé, Colette Davenat, Catherine David, Jean-Paul Delfino, Maurice Denuzière, Régine Desforges, Jean Diwo, Hortense Dufour, Michel Folco, Irène Frain, Adrien Goetz, Henri Gougaud, Denis Guedj, Christian Jacq, Frédéric Lenormand, Claude Manceron, Claude Michelet*, Kénizé Mourad, Gilles Perrault, Michel Peyramaure, Patrick Rambaud, Jean Raspail, Norbert Rouland, Bernard Simiot, Gilbert Sinoué

Jules Roy (1907-2000)

• *Les Chevaux du Soleil* (6 vol., 1967-1975), épopée de la France en Algérie, depuis la conquête en 1830 jusqu'au départ tragique en 1962.

Jean d'Ormesson (né en 1925)

• *La Gloire de l'Empire* (1971), histoire imaginaire à la limite de la parodie qui interroge les origines de notre culture.
• *Le Vent du soir* (3 vol., 1985-1987), où l'on parcourt le Brésil, Venise, la Russie, les Indes, New York, l'Afrique du Sud…

Pierre-Jean Rémy (né en 1937)
• *Le Sac du palais d'Été* (1971), fresque sur la guerre de l'Opium en Chine.

Georges Duby (1919-1996)
• *Le Dimanche de Bouvines* (1973), *Le Chevalier, la Femme et le Prêtre* (1981), par un historien du Moyen Âge.

Max Gallo (né en 1932)

La Baie des Anges (3 vol., 1975-1976), où trois Italiens s'installent à Nice et se retrouvent pris dans la guerre de 1914.

• *Que sont les siècles pour la mer* (1977), qui brosse l'histoire de la Provence de l'Antiquité jusqu'à nos jours.

• *La Machinerie humaine* (10 vol., 1992-1999), où Gallo entrecroise des destins français dans les dernières décennies du siècle.

Emmanuel Le Roy Ladurie (né en 1929)

Salomé dansant la danse des sept voiles. Franz von Stuck, 1906, Städtische Galerie im Lenbachhaus, Munich.

• *Montaillou, village occitan* (1975), qui reconstitue la vie de ce petit village du Languedoc à l'époque des cathares grâce aux notes de l'Inquisition, par le pionnier de l'approche microhistorique.

Bertrand Poirot-Delpech (1929-2006)

• *Les Grands de ce monde* (1976), qui évoquent sur le mode de la fantaisie irréaliste les événements de 1968.

• *La Légende du siècle* (1981), où Poirot-Delpech démystifie les grands événements et parodie les milieux sociaux du XXᵉ siècle.

Raymond Jean (né en 1925)

• *La Fontaine obscure* (1976), sur la sorcellerie au XVIIᵉ siècle.

• *L'Or et la Soie* (1983), sur la grande épidémie de peste à Marseille.

Robert Merle (1908-2004)

• *Fortune de France* (13 vol., 1977-2003), qui retrace des générations de gentilshommes, depuis un hobereau protestant sous Henri II jusqu'à un marquis catholique sous Louis XIV, dans une langue savoureuse restituant les tournures d'oc :

On rit à ventre déboutonné de cette bonne gausserie. (© Bernard de Fallois)

Jeanne Bourin (1922-2003)
• *La Chambre des dames* (1979), *Le Jeu de la tentation* (1981), qui reconstituent le Paris du XIIIᵉ siècle.

Pascal Quignard (né en 1948)
• *Carus* (1979), sur un empereur romain du IIIᵉ siècle.
• *Tous les matins du monde* (1991), roman grave et poétique mettant en scène un vieux compositeur fier et rebelle au temps de Louis XIV.

François-Olivier Rousseau (né en 1947)
• *L'Enfant d'Édouard* (1981), *Sébastien Doré* (1986), *La Gare de Wann-see* (1988), qui recréent la vie artistique de la Belle Époque.

Françoise Chandernagor (née en 1945)
• *L'Allée du Roi* (1981), mémoires imaginaires de Mme de Maintenon, seconde épouse de Louis XIV.

Gilles Lapouge (né en 1923)
• *Les Folies Koenigsmark* (1989), sur les soldats venus du nord qui participèrent à toutes les batailles européennes du XVIIᵉ siècle et de la première moitié du XVIIIᵉ.

Le roman policier

Également : Eliette Abecassis, A.D.G., Jean Amila, Georges Arnaud, Brigitte Aubert, Claude Aveline, Jean-Pierre Bastid, Joseph Bialot, Boileau-Narcejac, Philippe Bouin, Philippe Carrese, Charles Exbrayat, Dan Franck, José Giovanni, Andrea H. Japp, Yasmina Khadra, Brigitte Kernel, Guillaume Lebeau, Maurice Leblanc, Gaston Leroux, Colette Lovinger-Richard, Léo Mallet, Francis Mizio, Daniel Picouly*, Patrick Raynal, Didier Sénécal, Georges Simenon, Albert Simonin, Pierre Siniac, Stanislas-André Steeman, Jacques Vallet, Pierre Véry

Le roman policier part d'un meurtre et s'attache à dévoiler progressivement qui est l'assassin et quels sont ses mobiles. Ce faisant, il dévoile également les rouages de la société et de l'âme humaine…

LE THRILLER

Le roman à suspense consiste en l'analyse psychologique d'individus traqués qui luttent pour leur survie, et auxquels le lecteur s'identifie.

Vladimir Volkoff (1932-2005)
• *Le Retournement* (1979), thriller métaphysique.

Serge Brussolo (né en 1951)
• *Carnets d'un cambrioleur* (1994), *La Main froide* (1995), romans au suspense particulièrement angoissant.

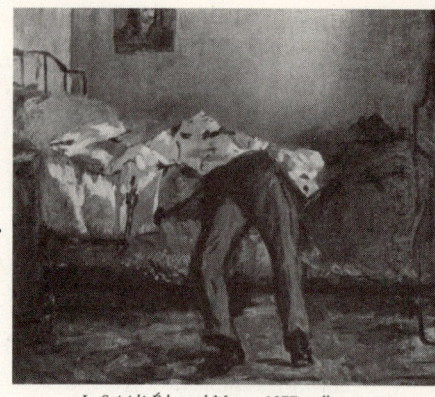

Le Suicidé. Édouard Manet, 1877, coll. part.

Jean-Christophe Grangé (né en 1961)
• *Le Vol des cigognes* (1994), *Les Rivières pourpres* (1998), *L'Empire des loups* (2003), aux intrigues machiavéliques, riches en rebondissements et en effusions de sang…

LE POLAR ENGAGÉ, OU « NOUVEAU POLICIER »

J'écris des romans noirs. Des intrigues où la haine, le désespoir se taillent la part du lion et n'en finissent plus de broyer de pauvres personnages auxquels je n'accorde aucune chance de salut. Chacun s'amuse comme il peut.

Thierry Jonquet

Le « nouveau policier » met en scène des antihéros et dénonce, souvent de manière parodique, les travers de la société : racisme, bavures policières, dérives mafieuses des milieux politico-financiers, misère des banlieues…

Jean-Patrick Manchette (1942-1995)
• *L'Affaire N'Gustro* (1971), *Morgue pleine* (1973), *Que d'os* (1975), *Le Petit Bleu de la côte Ouest* (1976), *La Position du tireur couché* (1981), violents « polars d'intervention sociale » qui font intervenir gangsters, politiciens et terroristes, parodiant avec cynisme les romans noirs.

Jean Vautrin (né en 1933)
À bulletins rouges (1973), *Billy-Ze-Kick* (1974), *Bloody Mary* (1979), *Groom* (1981), néopolars noirs portés par une langue riche et chaleureuse.

Jean-Bernard Pouy (né en 1946)

• Dans la série « Le Poulpe », qui met en scène Gabriel Lecouvreur, enquêteur, marginal et antifasciste, Pouy écrit *La petite écuyère a cafté* (1995), contre les commandos anti-IVG.

Didier Daeninckx (né en 1949)

• *Meurtres pour mémoire* (1984), qui dénonce l'organisation de la déportation de Juifs en 1942 et le massacre d'Algériens en 1961.

• *Le Facteur fatal* (1990), où les enquêteurs sont confrontés à une telle misère qu'ils n'en sortent pas indemnes.

• *Nazis dans le métro* (1996), qui évoque l'agression d'un écrivain [Jean Amila] ayant osé s'en prendre au colonialisme et au nucléaire…

Jean-Claude Izzo (1945-2005)

• *Total Kheops* (1995), *Chourmo* (1996) et *Solea* (1998), trilogie qui met en scène un flic de gauche désabusé, et surtout la ville de Marseille !

Thierry Jonquet (né en 1954)

• *Le Bal des débris* (1984), roman noir social qui a pour cadre un hôpital de vieillards.

Maurice G. Dantec (né en 1959)

• *La Sirène rouge* (1993), sorte de *road story* qui dénonce violemment les crimes serbes en Bosnie.

• *Les Racines du mal* (1995), *Babylon babies* (1999), polars futuristes. *Les Racines du mal* ont pour cadre une société absurde transformant en tueurs en série ses membres les plus brillants…

Maud Tabachnik (née en 1938)

• *L'Étoile du Temple* (1997), *Le Sang de Venise* (2000), thrillers historiques évoquant les persécutions des Juifs au Moyen Âge. Ses romans sont comme des coups de poing dans l'univers masculin des polars.

Tonino Benacquista (né en 1961)

• *L'Outremangeur* (1998), histoire d'un superflic obèse, solitaire et désespéré qui tente d'oublier un drame du passé.

LE POLAR FANTAISISTE ET TRUCULENT

Frédéric Dard (1921-2000)
• Les aventures rabelaisiennes de *San-Antonio* (1949-2001), où Dard crée pour le commissaire San-Antonio et son acolyte Bérurier un langage truculent et comique accumulant jeux de mots, calembours, allusions érudites, trouvailles, etc. Ces romans sont davantage des parodies burlesques de romans de mœurs et d'aventures que de véritables romans policiers.

Daniel Pennac (né en 1944)
• La suite *Au bonheur des ogres* (1985), *La Fée carabine* (1987), *La Petite Marchande de prose* (1989) et *Monsieur Malaussène* (1995), qui narrent les aventures loufoques de Benjamin Malaussène, antihéros entretenant une nombreuse tribu de frères et sœurs à Belleville.

Fred Vargas (née en 1957)
• *Ceux qui vont mourir te saluent* (1994), *Pars vite et reviens tard* (2001), polars érudits au personnage fétiche : le commissaire Adamsberg.
• *Debout les morts* (1995), *Un peu plus loin sur la droite* (1996), *Sans feu ni lieu* (1997), mettant en scène trois jeunes historiens en rade – un médiéviste, un spécialiste de la Grande Guerre et un chasseur-cueilleur de la Préhistoire…

Les « littératures de l'imaginaire »

Également : Ayerdhal, Francis Berthelot, Serge Brussolo*, Philippe Curval, Maurice G. Dantec*, Charles Dobzynski, Mathieu Gaborit, Laurent Genefort, Pierre Grimbert, Bernard Lenteric, Pierre Pelot, Daniel Walther

Les précurseurs français de la science-fiction moderne sont les romans d'anticipation de Jules Verne** et de J.H. Rosny aîné (*La Guerre du feu*, 1911). Puis l'œuvre et les traductions de Boris Vian* ont ouvert le genre à un vaste public. Aujourd'hui, la SF française s'est émancipée de la production américaine – certains auteurs hexagonaux sont même traduits aux États-Unis! La science-fiction est devenue un genre adulte proche de la littérature, critiquant la société et réfléchissant à son avenir; c'est le lieu par excellence de la fiction romanesque. Les romans d'« anticipation » se projettent dans l'avenir de manière scientifiquement plausible, tandis que la « fantasy » fait intervenir le merveilleux et met en scène des univers de type médiéval.

LES PIONNIERS

René Barjavel (1911-1985)

• *Ravage* (1943), où une panne d'électricité fait s'effondrer la civilisation.

> Sur la berge sud de la Seine, grouillait une foule énorme. La moitié de Paris regardait brûler l'autre [...] C'était une odeur de monde qui naît ou qui meurt, une odeur d'étoile. (© Denoël)

• *La Nuit des temps* (1968), qui narre la découverte en Antarctique de rescapés d'un monde disparu depuis 900 000 ans...
• *Le Grand Secret* (1973), sur l'immortalité...
• *L'Enchanteur* (1984), réécriture du mythe de Merlin.

« City of the future », couverture de *Fantastic Adventures*, mai 1939.

Jacques Sternberg (1923-2006)

• *La sortie est au fond de l'espace* (1956), *Attention planète habitée* (1970), *Futurs sans avenir* (1971), *188 contes à régler* (1988), touchant à la fois à la science-fiction et au fantastique, avec une teinte d'humour.

Gérard Klein (né en 1937)

• *Embûches dans l'Espace* (avec R. Chomet et P. Rondard, 1958), aventure vénusienne.
• *Les Voiliers du soleil* (1961), *Le Long Voyage* (1964) et *Le Rêve des forêts* (1987), constituant la *Saga d'Argyre*, épopée martienne...

Pierre Boulle (1912-1994)

• *La Planète des singes* (1963), où une expédition spatiale découvre la planète Bételgeuse, sur laquelle des singes dominent des humains.

Michel Jeury (né en 1934)

• *Le Temps incertain* (1973), *Les Singes du temps* (1974), réflexions quasi philosophiques sur l'espace et le temps.

SCIENCE-FICTION, MERVEILLEUX, FANTASTIQUE

Le roman de science-fiction réfléchit de plus en plus à l'avenir de la société et aux questions écologiques. Il connaît des évolutions similaires à la littérature classique, intégrant l'érotisme et l'humour, remettant en question le langage et ses formes, s'enrichissant de parodies référentielles… et inspirant des écrivains comme Cayrol*, Butor* ou Le Clézio*.

Jean-Pierre Andrevon (né en 1937)
• *Paysages de mort* (1978), sur la pollution et la surpopulation, par un écrivain de SF engagé.

Michel Pagel (né en 1961)
• *Les Flammes de la nuit* (4 vol., 1984-1987), *La Comédie inhumaine* (7 vol., 1989-2000), qui mêlent fantastique, science-fiction et fantasy avec une légère coloration policière ou historique.

Bernard Werber (né en 1961)
• *Les Fourmis* (1991), *Le Jour des fourmis* (1995), *La Révolution des fourmis* (1996), où l'on découvre la prodigieuse

Fairy Land. Edward Reginald Frampton, 1906, coll. part.

organisation de cette espèce et où Werber mêle science, romanesque, fantastique et philosophie.

Jean-Claude Dunyach (né en 1957)
• *Étoiles mortes* (1992) et *Étoiles mourantes* (avec Ayerdhal, 1999), ou la rencontre de l'humanité et des AnimauxVilles…

Pierre Bordage (né en 1955)
• *Les Guerriers du silence* (3 vol., 1993-1995), *Wang* (2 vol., 1996-1997), *Les Fables de l'Humpur* (1999), époustouflantes épopées de la survie, par un conteur humaniste hostile à tous les intégrismes.

La poésie en liberté

Depuis les années 1960, après trois décennies d'expérimentations tous azimuts au sein de courants assez différenciés, il n'existe plus d'école poétique en France. La tendance générale est cependant au minimalisme et au retour à la réalité, ce qui rend la poésie contemporaine plus abordable que les recherches des années 1950. La prose est de plus en plus présente, et les recueils commencent à ressembler à de véritables livres.

La poésie du soupçon

Également : Michel Butor*, Eugène Guillevic*, Franck Venaille

La poésie est-elle encore un genre séparé des autres ? Certains écrivains vont jusqu'à remettre en question le langage poétique.

Michel Deguy (né en 1930)

• *Ouï dire* (1966), *Figurations* (prose, 1969), *Reliefs* (1976), *Donnant donnant* (1981), textes denses qui explorent le langage et interrogent la poésie.

> Un poème nous hante qui soit l'hôte des différences,
> et ainsi porté à pulvériser les genres.

Poèmes de la Presqu'île, 1961 (© Gallimard)

Denis Roche (né en 1937)

• *Éros Énergumène* (1968), où Roche conteste radicalement toutes les conventions poétiques, allant jusqu'à conclure :

> La poésie est inadmissible, d'ailleurs elle n'existe pas.

La poésie est inadmissible, 1995 (© Seuil)

Le nouveau réalisme

Également : Daniel Biga, Lucien Francœur, Claude Pélieu

Autour des revues *Chorus* ou *Exit*, un nouveau réalisme, amer, contestataire, dit la violence du quotidien dans une langue nomade mêlant français et américain — c'est en quelque sorte l'ancêtre du rap et du slam.

Jean-Pierre Verheggen (né en 1942)

• *La Grande Mitraque* (1969), aux rythmes syncopés.

Hourra! Hourra! Bleus d'bassine, Bowling, couperose de grimace.
Vert fuchsia Nénets Cervelle Kleenex mouché de rides et panse pie de Dada.
Hourra! Hourra! (© Fagne)

La poésie (post)moderne

Également : Marie-Claire Bancquard, Olivier Cadiot, Marc Cholodenko, Patrice Delbourg, Mohammed Dib, Charles Dobzynski, Max-Pol Fouchet, Dominique Fourcade, Guy Goffette, Paol Keineg, Vénus Khoury-Ghata, Yvon Le Men, Jean-Pierre Lemaire, Michel Manoll, Henri Meschonnic, Jean Pérol, Henri Pichette, Marcelin Pleynet, Christian Prigent, Jean-Claude Renard, Denis Roche*, James Sacré, Jean-Luc Steinmetz, Jean Tardieu*, Khal Torabully, Pierre Torreilles, Jean Tortel, Jean-Vincent Verdonnet

À partir des années 1980, les expériences libertaires sont abandonnées et l'on revient aux formes anciennes, autour des revues *Change* et *Action poétique*. Les poètes postmodernes s'inscrivent dans une tradition plus productive, avec une dimension parodique, ou bien minimaliste.

Bernard Noël (né en 1930)

• *Extraits du corps* (1958), *Le Château de Cène* (1969), *Le Lieu des signes* (1971), *La Peau et les Mots* (1972), *Poèmes I* (1983), où le corps est le support de la quête d'essentiel.

C'est sans doute l'esprit qui souille la chair.

Le Château de Cène (© Gallimard)

Edmond Jabès (1912-1991)

• *Le Livre des questions* (7 vol., 1963-1973), *Le Livre des ressemblances* (1980), *Le Soupçon, le Désert* (1978), *L'Ineffaçable, l'Inaperçu* (1979), somme à l'architecture complexe et à la parole multiforme où s'entrelacent récits, dialogues, autobiographie, citations, poèmes, réflexions sur le livre et sur le vivre…

Dieu est absent du livre et le livre, lent déchiffrement de son absence.

Le Livre des questions (© Gallimard)

Jacques Réda (né en 1929)

• *Amen* (1968), *Récitatif* (1970), *La Tourne* (1975), *Les Ruines de Paris* (prose, 1977), *Le bitume est exquis* (1984), qui respectent les normes poétiques classiques pour explorer, avec un lyrisme « parlé », le quotidien de la ville et de la banlieue.

Pierre Oster (né en 1933)

• *Les Dieux* (1970), *Le Sang des choses* (1973), *Paysage du Tout* (2000), parcours rêvés à travers une campagne d'une pureté originelle…

Jacques Roubaud (né en 1932)

• ε (1967) ; *Trente et un au cube* (1973) et *Autobiographie chapitre dix* (1977), livres où des doubles pages blanches de silence dissimulent dans leurs plis les poèmes… Ceux-ci, comme pour l'Oulipo (voir p. 61-62), émanent de contraintes de construction fantaisistes mais très précises et n'ont pas d'articulation logique immédiate. Pourtant l'unité des thèmes se dégage, déployée autour d'une myriade de références poétiques de tous les temps et de tous les pays…

Antoine Emaz (né en 1955)

• *En deçà* (1990), *C'est* (1992), *Poème, trois jours, l'été* (1992), *Peu importe* (1993), *Entre* (1995), *Fond d'œil* (1995), *Sable* (1997), *Boue* (1997), *Soirs* (1999), *Je ne* (2001), *Ras* (2001), poésies de la sobriété, qui tendent vers le plus de justesse possible, au ras du réel.

> l'attente s'étire vers le rien le temps
> va lent minute après minute
> se dilue et s'efface

« Peur 2 » (D.R.)

Scène côtière. Théo Van Rysselberghe, v. 1892,
National Gallery, Londres.

L'exploration théâtrale

Le théâtre contemporain, grâce à la multiplication des salles en province, touche un public croissant d'adeptes passionnés et fait l'objet d'expériences foisonnantes. Depuis le milieu des années 1970, des metteurs en scène comme Jean-Louis Barrault, Antoine Vitez, Roger Planchon, Patrice Chéreau, Daniel Mesguisch ou Ariane Mnouchkine, qui ont adapté les œuvres classiques de façon spectaculaire et inventive, ont un temps occulté les auteurs. Mais ceux-ci reparaissent : **Dubillard**, **Vinaver**, **Grumberg**, **Brisville** ou **Koltès** illustrent les tendances contemporaines.

Le théâtre critique et satirique

Également : Enzo Cormann, Milan Kundera*, Jean-Luc Raharimanana, Sony Labou Tansi, Kateb Yacine

Michel Vinaver (né en 1927)
• *Les Coréens* (1956), *Par-dessus bord* (1973), *Dissident, il va sans dire* (1976), *Iphigénie Hôtel* (1977), *Les Voisins* (1986), qui recomposent des fragments de réel pour dépeindre avec ironie la guerre, l'entreprise, la façon dont le système économique et social détruit la vie personnelle et familiale.

Jean-Claude Brisville (né en 1922)
• *Le Fauteuil à bascule* (1982), *L'Entretien de M. Descartes avec M. Pascal le Jeune* (1986), *Le Souper* (1989), incisifs et réalistes, dans la tradition du théâtre classique. *Le Fauteuil à bascule* et *L'Entretien* sont des dialogues littéraires; *Le Souper* est une comédie historique où Talleyrand essaie de convaincre Fouché de devenir ministre de Louis XVIII.

Madame X. John Singer Sargent, 1885, Museum of Modern Art, New York.

FOUCHÉ. Nous ne sommes pas, vous et moi, du même temps. Le vôtre est en train de crever d'une indigestion de politesse – et c'est le mien qui lui succédera. Le pouvoir sera aux subalternes, aux espions, aux délateurs […] Alors, monsieur, ce sera l'Ordre.

Le Souper (© Actes Sud)

Des expériences tous azimuts

Également : Olivier Cadiot, Louis Calaferte*, Bernard Chartreux, Copi, Michel de Ghelderode, Claude Prin, Jean-Paul Wenzel

Roland Dubillard (né en 1923)
• *Naïves Hirondelles* (1961), *La Maison d'os* (1962), *Les Diablogues* (1976), *Autres Inventions à deux voix* (1976), théâtre du langage qui mêle absurde et fantaisie, angoisse et rire. *Naïves Hirondelles* et *Maison d'os* abordent avec faconde les thèmes de la vieillesse sans amour et de la décomposition du corps. *Les Diablogues* et les *Autres Inventions à deux voix* sont des variations décapantes sur l'inconsistance de la vie.

Jean-Claude Grumberg (né en 1939)
• *Dreyfus* (1973), *L'Atelier* (1976), *Zone libre* (1991), qui évoquent avec dérision et émotion l'antisémitisme et le génocide. Ce théâtre du quotidien met en scène des gens ordinaires aux prises avec le monde réel, et prône la compassion et la responsabilité.

Hélène Cixous (née en 1937)
• *Portrait de Dora* (1976), qui met en scène Freud et sa patiente préférée.
• *Histoire terrible mais inachevée de Norodom Sihanouk, roi du Cambodge* (1985), *L'Indiane ou l'Inde de leurs rêves* (1987-1988), *Tambours sur la Digue, sous forme de pièce ancienne pour marionnettes jouée par des acteurs* (1999), pièces écrites pour le Théâtre du Soleil d'Ariane Mnouchkine.

Armand Gatti (né en 1924)
• *Le Dernier Maquis* (1984), *Les Combats du jour et de la nuit à la maison d'arrêt de Fleury-Mérogis* (1989), *Ces empereurs aux ombrelles trouées* (1991), théâtre d'agitation politique où Gatti fait des exclus ses personnages et ses acteurs, pour tenter de leur rendre une dignité et un destin. « Au commencement était le Verbe, et le Verbe était Dieu. Voulez-vous être Dieu avec moi ? », demande-t-il à ses stagiaires en réinsertion.

Intimisme et angoisse métaphysique

Loleh Bellon (1925-1999)

• *Changement à vue* (1978), *L'Éloignement* (1987), où Bellon aborde la représentation théâtrale, vue des coulisses ou depuis les angoisses de l'auteur.

• *De si tendres liens* (1984), aux dialogues humoristiques et pudiques.

Bernard-Marie Koltès (1948-1989)

• *Combat de nègre et de chiens* (1983), *Quai Ouest* (1985), *Dans la solitude des champs de coton* (1986), *Le Retour au désert* (1988), *Roberto Zucco* (posth., 1991), où Koltès donne la parole à des marginaux piégés dans des lieux inhospitaliers par le mensonge et par la mort. Son lyrisme intense accentue la tension dramatique de ses pièces, à l'atmosphère de roman noir.

> — Enlève tes chaussures. Comment t'appelles-tu ?
> — Appelle-moi comme tu veux. Et toi ?
> — Moi, je n'ai plus de nom.

> *Roberto Zucco* (© Minuit)

Ironie sur les stéréotypes contemporains

Yasmina Reza (née en 1959)

• *Conversations après un enterrement* (1987), qui dépeint la fragilité, l'impuissance et les contradictions humaines.

• *Art* (1994), où un homme achète une fortune un tableau entièrement blanc qu'il considère comme un chef-d'œuvre, ce qui sème la zizanie dans ses relations amicales.

Eric-Emmanuel Schmitt (né en 1960)

• *La Nuit de Valognes* (1991), qui met en scène le procès de Don Juan par ses anciennes victimes.

• *Le Visiteur* (1993), dialogue entre Freud et Dieu.

• *Le Libertin* (1997), qui retrace une journée dissolue de Diderot.

Bibliographie

- Michel AUTRAND, Jacques BERSANI, Jacques LECARME, Bruno VERCIER, *La Littérature en France de 1945 à 1968*, Bordas, 1982.
- Claude BONNEFOY, *La Poésie française*, Seuil, 1975.
- Alain BOSQUET, *Anthologie de la poésie française contemporaine*, Le Cherche-Midi Éditeur, 1994.
- Jacques BRENNER, *Mon histoire de la littérature française contemporaine*, Grasset, 1987.
- Francis CLAUDON, *Les Grands Mouvements littéraires européens*, Nathan Université, 2004.
- Alain COUPRIE, *Les Grandes Dates de la littérature française*, Nathan Université, 2003.
- Carole FLORENTIN, Yasmine GUETZ, Jeannine PRIN, Jean-Paul SANTERRE (textes choisis et présentés par), *Anthologie de la littérature française, XXᵉ siècle*, Larousse, 1994.
- Colette HOURTOLLE et le chantier BT2, *Le Roman policier*, coll. « Regards sur les lettres », PEMF, 2002.
- LAFFONT & BOMPIANI, *Dictionnaire des auteurs de tous les temps et de tous les pays*, coll. « Bouquins », Robert Laffont, 1990.
- André LAGARDE, Laurent MICHARD, *Textes et littérature du XXᵉ siècle*, Bordas, 1987.
- Jacques LECARME, Bruno VERCIER, *La Littérature en France depuis 1968*, Bordas, 1982.
- Bernard LECHERBONNIER, Dominique RINCÉ, Pierre BRUNEL, Christiane MOATTI, *Littérature du XXᵉ siècle, textes et documents*, coll. « Henri Mitterand », Nathan, 1992.
- Philippe LEJEUNE, *Le Pacte autobiographique*, Seuil, 1975.
- Henri LEMAÎTRE, *L'Aventure littéraire du XXᵉ siècle : 1920-1960*, Bordas, 1984.

Les Livres jaunes. Vincent Van Gogh, 1887, coll. part.

- Cécile LIGNY, Manuela ROUSSELOT, *Littérature française*, coll. « Repères pratiques », Nathan, 2008.
- Gaëtan PICON, *Panorama de la nouvelle littérature française*, Gallimard, 1976.
- François RAYMOND, Daniel COMPÈRE, *Les Maîtres du fantastique en littérature*, Bordas, 1993.
- Yves STALLONI, *Écoles et courants littéraires*, Nathan Université, 2004.

Index des auteurs

Librio

933

Composition PCA – 44400 Rezé
Achevé d'imprimer en Italie par ⬛ Grafica Veneta
en juin 2009 pour le compte de E.J.L.
87, quai Panhard-et-Levassor, 75013 Paris
Dépôt légal juin 2009
EAN 9782290012185

Diffusion France et étranger : Flammarion